Coleção LESTE

Fiódor Dostoiévski

BOBÓK

Tradução, posfácio e notas
Paulo Bezerra

Desenhos
Oswaldo Goeldi

Texto
Mikhail Bakhtin

editora■34

EDITORA 34

Editora 34 Ltda.
Rua Hungria, 592 Jardim Europa CEP 01455-000
São Paulo - SP Brasil Tel/Fax (11) 3811-6777 www.editora34.com.br

Copyright © Editora 34 Ltda., 2012
Tradução © Paulo Bezerra, 2012

A FOTOCÓPIA DE QUALQUER FOLHA DESTE LIVRO É ILEGAL E CONFIGURA UMA
APROPRIAÇÃO INDEVIDA DOS DIREITOS INTELECTUAIS E PATRIMONIAIS DO AUTOR.

Agradecemos à Forense Universitária/GEN a autorização
para publicação do texto "Sobre *Bobók*", extraído do livro
Problemas da poética de Dostoiévski, de Mikhail Bakhtin,
tradução de Paulo Bezerra (5ª edição revista, Rio de Janeiro, 2010).

Imagem da capa:
A partir de desenho de Oswaldo Goeldi
(autorizada sua reprodução pela Associação Artística Cultural
Oswaldo Goeldi - www.oswaldogoeldi.com.br)

Capa, projeto gráfico e editoração eletrônica:
Bracher & Malta Produção Gráfica

Revisão:
Cide Piquet, Marina Kater, Iara Rolnik, Nina Schipper, Alberto Martins

1ª Edição - 2012 (1 Reimpressão),
2ª Edição - 2019 (2ª Reimpressão - 2024)

CIP - Brasil. Catalogação-na-Fonte
(Sindicato Nacional dos Editores de Livros, RJ, Brasil)

Dostoiévski, Fiódor, 1821-1881
D724b   Bobók / Fiódor Dostoiévski; tradução,
posfácio e notas de Paulo Bezerra; desenhos de
Oswaldo Goeldi; texto de Mikhail Bakhtin. —
São Paulo: Editora 34, 2019 (2ª Edição).
96 p.   (Coleção Leste)

Tradução de: Bobók

ISBN 978-85-7326-505-7

1. Literatura russa. I. Bezerra, Paulo.
II. Goeldi, Oswaldo, 1895-1961. III. Bakhtin,
Mikhail, 1895-1975. IV. Título. V. Série.

CDD - 891.73

BOBÓK

Bobók 7

"O universo de *Bobók*", *Paulo Bezerra* 43

"Sobre *Bobók*", *Mikhail Bakhtin* 69

BOBÓK*

* Publicado originalmente no semanário *Grajdanin* (O Cidadão), n° 6, em 5 de fevereiro de 1873, quando Dostoiévski já era seu redator-chefe. Traduzido do original russo *Pólnoie sobránie sotchiniénii v tridtsatí tomákh* (Obras completas em trinta tomos) de Dostoiévski, tomo XXI, Leningrado, Ed. Naúka, 1980.

As notas da edição russa estão assinaladas com (N. da E.); as notas do tradutor, com (N. do T.).

Desta vez eu publico as "Notas de 'uma certa pessoa'". Essa pessoa não sou eu; é outra bem diferente. Acho que não é mais necessário nenhum prefácio.

Notas de "uma certa pessoa"

Anteontem Semión Ardaliônovitch me veio justamente com essa:
— A propósito, Ivan Ivánitch, será que algum dia você vai estar sóbrio? faz o obséquio de me dizer?

Estranha exigência. Não me ofendo, sou um homem tímido; e mesmo assim até de louco já me fizeram. Um pintor fez o meu retrato por acaso: "Seja como for, diz ele, você é um literato". Rendi-me, e ele o expôs. Depois li: "Ande, vá ver aquele rosto doentio à beira da loucura".

Vá lá, mas, não obstante, logo assim, tão direto na imprensa? Na imprensa deve ser tudo nobre; deve haver ideais, mas aqui...

Diga pelo menos de forma indireta, para isso você tem estilo. Não, de forma indireta ele já não quer. Hoje o humor e o bom estilo estão desaparecendo e se aceitam insultos em vez de gracejos. Não me ofendo: não sou desses literatos que levam o leitor ao desatino. Escrevi uma novela — não publicaram. Escrevi um folhetim — recusaram. Esses folhetins eu levei a redações de várias revistas e de todas elas recebi um não: "É sal, dizem, o que lhe está faltando".

— Que sal é esse — pergunto por brincadeira —, ático?[1] Nem consigo entender. Estou traduzindo mais do francês para editores. Também escrevo anúncios para comerciantes: "Uma raridade! Chá bem vermelho, diz que de cultivo próprio...". Pelo panegírico a Sua Excelência o falecido Piotr Matvêievitch recebi uma boa bolada. Escrevi *A arte de agradar às mulheres* por encomenda de editores. Pois bem, em minha vida publiquei uns seis livros como esse. Estou com vontade de reunir os aforismos de Voltaire, mas receio que pareçam insossos aos nossos leitores. Isso lá é tempo de Voltaire: é tempo de palerma, não de Voltaire! De tanto se morderem acabaram quebrando uns aos outros até o último dente! Aí está toda a minha atividade literária. Não faço outra coisa senão enviar cartas gratuitamente às redações, com meu nome completo. Vivo a fazer sermões e sugestões, a criticar e indicar o caminho. Na semana passada enviei a uma única redação a quadragésima carta em dois anos; só com selos gastei quatro rublos. Tenho um caráter asqueroso, é isso.

Acho que o pintor não me retratou por causa da literatura, mas de duas verrugas simétricas que tenho na testa: diz que é um fenômeno. Ideias mesmo andam escassas, porque hoje só há lugar para fenômenos. E como as minhas verrugas saíram no retrato que ele fez de mim: vivinhas! É isso que eles chamam de realismo.

Quanto à loucura, no ano passado muita gente foi registrada como louca em nosso país. E com que estilo: "Com um talento diz que tão original... e vejam o que acabou acontecendo... aliás, há muito tempo isso devia ter sido previs-

---

[1] "Sal ático", expressão figurada que significa gracejo refinado. Remonta a Marco Túlio Cícero (106-43 a.C.), que nutria alto apreço pela arte oratória grega. (N. da E.)

to...".² Aí ainda existe muita astúcia; de sorte que do ponto de vista da arte pura dá até para elogiar. Mas súbito aquela gente aparece ainda mais inteligente. Que em nosso país se leva à loucura, se leva, só que ainda não se fez ninguém ficar mais inteligente.

Acho que o mais inteligente é quem ao menos uma vez por mês chama a si mesmo de imbecil — capacidade de que hoje não se ouve falar! Antes ao menos uma vez por ano o imbecil sabia sobre si mesmo que era imbecil, mas hoje, nem isso. E confundiram tanto a coisa que a gente não distingue o imbecil do inteligente. Isso eles fizeram de propósito.

Lembra-me uma galhofa espanhola do tempo em que os franceses construíram a primeira casa de loucos, há dois séculos e meio: "Eles trancaram todos os seus imbecis em uma casa especial para se certificarem de que eram pessoas inteligentes". E de fato: ao trancar o outro numa casa de loucos você ainda não está provando sua própria inteligência. "K. enlouqueceu, significa que agora somos inteligentes." Não, ainda não significa.

---

² Têm-se em vista as resenhas e as repercussões polêmicas do romance *Os demônios*, sobretudo a nota "Jornalismo e bibliografia", publicada pelo *Boletim da Bolsa* (*Birjevíe Viédomosti*) e assinada por M. N., que comparava o conteúdo do romance às alucinações de Poprichin, protagonista do "Diário de um louco", de Nikolai Gógol. Aqui se menciona o início da atividade literária de Dostoiévski, quando sua primeira obra "foi saudada por Bielínski, para quem o talento do escritor estreante pertencia à categoria daqueles que não se percebem nem se compreendem de imediato. Enquanto ele continuar em suas atividades, dizia o crítico, surgirão muitos talentos que irão opor-se a ele, mas estes acabarão esquecidos, ao passo que sua glória chegará ao apogeu. Não sabemos se o seu talento chegou a esse apogeu, mas, pelo que fez uma parte dos nossos jovens pátrios, ele realmente superou ao menos aqueles concorrentes que enveredam por esse caminho no *Mensageiro Russo* (*Rússki Viéstnik*) e em outras revistas da mesma natureza e que já foram esquecidas" (*Boletim da Bolsa*, nº 83, 24 de março de 1872). (N. da E.)

Aliás, com os diabos... por que toda essa celeuma com minha inteligência? Eu resmungo, resmungo. Até a empregada já enchi. Ontem me apareceu um amigo: "Teu estilo, diz ele, está mudando, está truncado. Truncas, truncas, e sai uma oração intercalada, após a intercalada vem outra intercalada, depois mais alguma coisa entre parênteses, e depois tornas a truncar, a truncar...".

O amigo está certo. Uma coisa terrível está acontecendo comigo. O caráter mudando, a cabeça doendo. Começo a ver e ouvir umas coisas estranhas. Não são propriamente vozes, mas é como se estivesse alguém ao lado: "*Bobók, bobók, bobók!*".[3]

Que *bobók* é esse? Preciso me divertir.

Saí para me divertir, acabei num enterro. Um parente distante. No entanto, conselheiro de colégio.[4] Viúva, cinco filhas, todas donzelas. Só em sapato, a quanto não vai isso! O falecido dava um jeito, mas agora é só uma pensãozinha. Vão ter de meter o rabo entre as pernas. Sempre me receberam com descortesia. Aliás, eu nem teria vindo não fosse um acontecimento tão especial. Acompanhei o cortejo até o cemitério no meio dos demais; evitam-me e se fazem de orgulhosas. Meu uniforme é realmente ruinzinho. Faz uns vinte e cinco anos, acho, que eu não vou a um cemitério; só me faltava um lugarzinho assim!

Em primeiro lugar, o espírito.[5] Com uns quinze mortos fui logo dando de cara. Mortalhas de todos os preços; havia

---

[3] Em russo, *bobók* significa fava. (N. do T.)

[4] Classe civil de sexta categoria. (N. da E.)

[5] No original, *dukh*, que em russo também designa odor forte. (N. do T.)

até dois carros funerários: o de um general e outro de alguma grã-fina. Muitas caras tristes, e também muita dor fingida, e muita alegria franca. O pároco não pode se queixar: são rendas. Mas espírito é espírito... Eu não queria ser o pároco daqui.

Olho para as caras dos mortos com cautela, desconfiado da minha impressionabilidade. Há expressões amenas, como há desagradáveis. Os sorrisos são geralmente maus, uns até muito. Não gosto; sonho com eles.

Durante a missa saí da capela para tomar ar fresco; o dia estava acinzentado, mas seco. E frio; também pudera, estávamos em outubro. Comecei a caminhar entre as sepulturas. Classes diferentes. As de terceira classe custam trinta rublos: são bastante boas e não tão caras. As duas primeiras ficam na igreja, no adro; bem, isso custa os olhos da cara. Na terceira classe enterraram desta vez umas seis pessoas, entre eles o general e a grã-fina.

Dei uma olhada nas sepulturas — um horror: havia água, e que água! Toda verde e... só vendo o que mais! A todo instante o coveiro a retirava com uma vasilha. Enquanto transcorria a missa, saí para dar uma voltinha além dos portões. Fui logo encontrando um hospício, e um pouco adiante um restaurante. E um restaurantezinho mais ou menos: tinha de tudo e até salgadinhos. Havia muita gente, inclusive acompanhantes do enterro. Notei muita alegria e animação sincera. Comi uns salgadinhos e tomei um trago.

Depois ajudei com as próprias mãos a levar o caixão da igreja para o túmulo. Por que os mortos ficam tão pesados no caixão? Dizem, com base em alguma inércia, que o corpo já não teria domínio sobre si mesmo... ou algum absurdo dessa ordem; coisa contrária à mecânica e ao bom senso.[6]

---

[6] Réplica polêmica ao artigo do crítico Viktor P. Buriênin (1841-

Não gosto quando alguém apenas com instrução geral se mete a especialista: entre nós isso acontece a torto e a direito. Civis gostam de julgar assuntos de militares, e até da alçada de marechais de campo, gente com formação em engenharia discute mais filosofia e economia política.

Não assisti ao Réquiem. Sou orgulhoso, e se me recebem apenas por extrema necessidade, por que vou me enfiar nos seus jantares, ainda que sejam de funerais? Só não entendo por que fiquei no cemitério: sentei-me em uma sepultura e passei a meditar de verdade.

Comecei por uma exposição de Moscou[7] e terminei re-

1926), "O sentido purificador das galés e os folhetins cheios de nervosismo e clamor do sr. Dostoiévski" (*O Cidadão*, nºs 1, 2, 3). Buriênin assim avalia a publicística de Dostoiévski: "Mas quando o sr. Dostoiévski envereda pelo campo do pensamento teórico, quando ele se mete a publicista, filósofo, moralista, ele fica horrível; não, mais que horrível: *ele é irresponsável diante do bom senso e da lógica*" (*Boletim de São Petersburgo* [*Sankt-Peterbúrgskie Viédomosti*], nº 20, 20 de janeiro de 1873 — grifos da redação). "Uma certa pessoa" modifica um pouco as palavras (grifadas) de Buriênin, substituindo "lógica" por "mecânica". Tudo indica que Dostoiévski o faz com uma finalidade polêmica complementar de atingir Ivan Turguêniev pelo artigo "A propósito de *Pais e filhos*", que antes Dostoiévski parodiara em *Os demônios*. Turguêniev conclui o artigo com esse apelo às "pessoas práticas": "respeitai ao menos as *leis da mecânica*, tirai de cada coisa todo o proveito possível! Senão o leitor, ao percorrer nas revistas algumas páginas de verborreia murcha, vaga, impotente de tão prolixas, palavra, deverá involuntariamente pensar que substituís exatamente *alavanca* por escoras primitivas, que estareis retornando à primeira infância da própria mecânica [...]" (Ivan Turguêniev, *Obras*, tomo XIV, p. 109 — grifos da edição russa). (N. da E.)

[7] Tudo indica tratar-se de uma exposição politécnica inaugurada em Moscou no dia 30 de maio de 1872 e encerrada no dia 30 de agosto do mesmo ano, em comemoração ao bicentenário de nascimento de Pedro, o Grande. Um grande resumo, "A exposição politécnica de Moscou", assinado com as iniciais B. K. N., foi publicado numa coletânea de *O Cidadão* em 1872 e consta na biblioteca de Dostoiévski. (N. da E.)

fletindo sobre a admiração, falando do tema em linhas gerais. Eis o que concluí sobre a "admiração":

"Admirar-se de tudo é, sem dúvida, uma tolice, não se admirar de nada é bem mais bonito[8] e, por algum motivo, reconhecido como bom-tom. Mas é pouco provável que no fundo seja assim. Acho que não se admirar de nada é uma tolice bem maior do que se admirar de tudo. Além do mais, não se admirar de nada é quase o mesmo que não respeitar nada. Aliás, um homem tolo não pode mesmo respeitar."

— Sim, acima de tudo desejo respeitar. *Estou sequioso por respeitar* — disse-me certa vez, por esses dias, um conhecido.

Está sequioso por respeitar! Meu Deus, pensei, o que seria de ti se te atrevesses a publicar essa coisa hoje em dia!

Nisso comecei a dormitar. Não gosto de ler inscrições de túmulos; são sempre iguais. Sobre uma lápide, ao meu lado, havia um resto de sanduíche: coisa tola e inoportuna. Derrubei-o sobre a terra, pois não era pão mas apenas sanduíche. Aliás, parece que não é pecado esfarelar pão sobre a terra; sobre o assoalho é que é pecado. Procurar informações no almanaque de Suvórin.[9]

---

[8] Dostoiévski tem em vista Quinto Horácio Flaco (68-8 a.C.), autor da expressão *Nil admirari* ("De nada se admirar"). Em "Bobók" ela talvez atinja polemicamente o crítico de arte Lev Paniútin (1831-1882), que usava a expressão como pseudônimo. (N. da E.)

[9] Trata-se do *Almanaque Russo* (*Rússkii Almanakh*) de Aleksei Suvórin em sua edição de 1872 (São Petersburgo). O novo almanaque difere consideravelmente dos anteriores, que eram simples calendários. Essa circunstância foi ressaltada e explicada no prefácio à nova edição: "Diante do interesse pelas questões sociais e sua discussão que vem se expandindo nos últimos dez anos em nossa sociedade, colocamos como meta central do *Almanaque Russo* ser não só um livro de consulta como, ao mesmo tempo, um manual de informações sobre a Rússia e de dados para o conhecimento dos seus recursos físicos, econômicos e ético-políticos no es-

Cabe supor que fiquei sentado muito tempo, até demais; ou seja, cheguei inclusive a me deitar em um longo bloco de pedra com formato de caixão de mármore. E como foi acontecer que de repente comecei a ouvir coisas diversas? A princípio não prestei atenção e desdenhei. Mas a conversa continuava. E eu escutava: sons surdos, como se as bocas estivessem tapadas por travesseiros; e, a despeito de tudo, nítidos e muito próximos. Despertei, sentei-me e passei a escutar atentamente.

— Excelência, isso simplesmente não se faz. O senhor canta copas, eu faço o jogo, e de repente o senhor aparece com um sete de ouros. Devia ter cantado ouros antes.

— Então, quer dizer que vamos jogar de memória? Que graça há nisso?

— Não, Excelência, não há meio de jogar sem garantias. Não pode faltar o morto, e as cartas têm de ser dadas viradas para baixo na mesa.

— Bem, morto por aqui não se arranja.

Que raio de conversa mais maçante! É estranha e surpreendente. Uma voz tão forte e grave, a outra parecendo suavemente adulçorada; não acreditaria se eu mesmo não estivesse ouvindo. Ao Réquiem parece que não compareci. E, no entanto, como é que podem jogar *préférence*[10] aqui, e que general é esse? De que ouvi coisas de debaixo dos túmulos não há nenhuma dúvida. Inclinei-me e li uma inscrição em um túmulo:

"Aqui jaz o corpo do major-general Piervoiêdov... tais e

---

tado em que estão disponíveis e, ainda, comparados com as mesmas potencialidades do resto da Europa". O calendário contava com quarenta e duas seções; pelo visto, "uma certa pessoa" pretende "consultar" a quarta seção, "Calendário de superstições, costumes e crendices populares na Rússia", pp. 48-55. (N. da E.)

[10] Jogo de baralho semelhante ao bridge. (N. do T.)

tais medalhas de cavaleiro." Hum! "Faleceu em agosto deste ano... cinquenta e sete... Descansem em paz, queridos restos mortais, até o amanhecer radiante!"[11]

Hum! que diabo, é um general mesmo! Na outra cova, de onde vinha a voz bajuladora, ainda não havia túmulo; havia apenas uma lápide; pelo visto era de algum novato. Pela voz, um conselheiro da corte.[12]

— Oh-oh-oh-oh! — ouviu-se uma voz bem nova a umas cinco braças do lugar do general e vinda de uma cova bem fresquinha, voz masculina e vulgar, porém atenuada pela maneira reverente e comovida.

— Oh-oh-oh-oh!

— Ah, ele está soluçando de novo! — ouviu-se de súbito a voz enojada e arrogante de uma dama irritada, parece que da alta sociedade. — Para mim é um castigo ficar ao lado desse vendeiro!

— Eu não estou soluçando coisa nenhuma, e além do mais nem comi nada, isso é só por causa de minha natureza. Tudo isso, senhora, é porque os seus caprichos aqui neste lugar nunca lhe dão paz.

— Então, por que o senhor se deitou aqui?

— Me botaram, foram a mulher e os filhos que me bo-

---

[11] Epitáfio do escritor Nikolai Karamzin (1766-1826). Por vontade dos irmãos Mikhail e Fiódor Dostoiévski, foi gravado em 1837 no monumento que eles colocaram no túmulo da mãe. O epitáfio já era amplamente popular em 1830. A. Chlekhter, no conto "Vítimas do vício: cenas da vida urbana" (1834), constata: "Com repetições particulares as pessoas usaram tanto, gastaram tanto essa inscrição maravilhosa que ela perdeu inteiramente o seu belo sentido. A gente a encontra sobre as cinzas de algum malvado, de um homem de quem se recebeu uma herança há muito esperada, sobre o túmulo de um inimigo, o corpo de um marido odiado pela mulher". O epitáfio de Karamzin já figurara antes (em contexto burlesco) no romance *O idiota*, de Dostoiévski. (N. da E.)

[12] Classe civil de sétima categoria. (N. da E.)

taram e não eu que me deitei. É o mistério da morte! E eu não me deitaria a seu lado por nada, por ouro nenhum; estou deitado às custas de meu próprio capital, a julgar pelo preço. Porque sempre podemos pagar por uma sepultura de terceira classe.

— Juntou dinheiro; roubando as pessoas?

— De que jeito roubar a senhora se desde janeiro não recebemos nenhum pagamento da sua parte? Tem uma conta em seu nome na minha venda.

— Bem, isso já é uma bobagem; acho muita bobagem cobrar dívidas aqui! Vá lá em cima. Cobre da minha sobrinha; ela é a herdeira.

— Ora essa, onde é que se vai cobrar e aonde ir agora. Nós dois chegamos ao limite, e em matéria de pecados somos iguais perante o tribunal de Deus.

— De pecados! — arremedou a finada com desdém. — E não tenha o atrevimento de falar nada comigo!

— Oh-oh-oh-oh!

— Mas o vendeiro obedece à senhora, Excelência.

— E por que não haveria de obedecer?

— Sabe-se por quê, Excelência, já que reina aqui uma nova ordem.

— Que nova ordem é essa?

— É que nós, por assim dizer, estamos mortos, Excelência.

— Ah, é mesmo! Mas ainda assim é ordem...

Que obséquio! realmente um consolo! Se a coisa aqui chegou a esse ponto, o que se pode indagar no andar de cima? Que coisas estão acontecendo, sim senhor! Mas no entanto continuei a escutar, mesmo tomado de excessiva indignação.

— Não, eu ainda gostaria de viver! Não... eu, fiquem sabendo, eu ainda gostaria de viver! — ouviu-se de repente a voz nova de alguém em algum canto entre o general e a senhora irritadiça.

— Ouvi, Excelência, o nosso vizinho volta a bater na mesma tecla. Há três meses calado, e de repente: "Eu ainda gostaria de viver, não, eu ainda gostaria de viver!". E com que apetite, *cof-cof!*

— E leviandade.

— Está atônito, Excelência, e ficai sabendo, está entrando no sono, no sono definitivo, já está aqui desde abril, mas de repente: "Eu ainda gostaria de viver!".

— Isso é meio maçante, convenhamos — observou Sua Excelência.

— Meio maçante, Excelência; não seria o caso de tornarmos a mexer com Avdótia Ignátievna, *cof-cof?*

— Isso não, peço que me dispense. Não consigo suportar essa gritalhona provocante.

— Já eu, ao contrário, não consigo suportar vocês dois — respondeu a gritalhona com nojo. — Vocês dois são os mais maçantes e não sabem falar de nada em que haja ideal. A seu respeito, Excelência, por favor, não sejais presunçoso, conheço aquela historiazinha em que o criado vos varreu com a vassoura de debaixo da cama de um casal ao amanhecer.

— Mulher detestável! — rosnou o general entre dentes.

— Minha cara Avdótia Ignátievna — tornou a gritar subitamente o vendeiro —, minha senhorinha, esquece o mal e me diz se eu tenho de passar por todas essas provações ou devo agir de outro jeito?

— Ah, lá vem ele com a mesma ladainha, eu bem que pressenti, pois estou sentindo o cheiro que vem dele,[13] o cheiro, porque é ele que está se mexendo!

---

[13] Outro jogo de palavras com o duplo sentido de *dukh* (cheiro/espírito), desta vez junto ao verbo *slichat* (sentir/ouvir), de modo que a frase também pode ser lida como "estou ouvindo seu espírito". (N. do T.)

— Não estou me mexendo, minha cara, e não é de mim que está saindo nenhum cheiro especial, porque eu ainda estou inteiro no meu corpo plenamente conservado; já a senhorinha se mexeu mesmo, porque o cheiro é realmente insuportável até para um lugar como este. É só por delicadeza que eu fico calado.

— Ah, esse ofensor detestável! Fede que é um horror e diz que sou eu.

— Oh-oh-oh-oh! Se pelo menos os nossos acabassem logo essa quarentena: escuto sobre mim vozes chorosas, o pranto da mulher e o choro baixinho dos filhos!...

— Vejam só por que ele está chorando: vão encher a pança de *kutyá*[14] e ir embora. Ah, se ao menos alguém acordasse!

— Avdótia Ignátievna — falou o funcionário bajulador. — Espere um segundinho, os novatos vão falar.

— Também há jovens entre eles?

— Também há jovens, Avdótia Ignátievna. Até rapazinhos.

— Ah, como viriam a propósito!

— E por que ainda não começaram? — quis saber Sua Excelência.

— Nem os de anteontem acordaram, Excelência, o senhor mesmo sabe que às vezes ficam uma semana calados. Ainda bem que de repente trouxeram muitos ontem, anteontem e hoje. Senão a umas dez braças ao redor todos seriam do ano passado.

— É, interessante.

— Pois bem, Excelência, hoje sepultaram o conselheiro

---

[14] Mistura de cereal cozido com mel (ou açúcar, ameixa em passas, passas, etc.). Tudo indica que o cereal é, aqui, um símbolo da ressurreição, e o mel (ou outros ingredientes doces) um símbolo de doçura da futura vida. O *kutyá* é um tradicional detalhe do ritual fúnebre. (N. da E.)

efetivo secreto[15] Tarassiêvitch. Reconheci-o pelas vozes. Conheço seu sobrinho, que ainda há pouco fez descer o caixão dele.

— Hum, onde estará ele por aqui?

— A uns cinco passos do senhor, Excelência, à esquerda. Quase bem aos vossos pés... Seria bom que os senhores se conhecessem, Excelência.

— Hum, essa não... eu, dar o primeiro passo.

— Ora, ele mesmo tomará a iniciativa, Excelência. Ele vai se sentir até lisonjeado, deixai comigo, Excelência, e eu...

— Ah, ah... ah, o que está acontecendo comigo? — súbito começou a ofegar a vozinha novata e assustada de alguém.

— Um novato, Excelência, um novato, graças a Deus, e foi tão depressa! Noutras ocasiões passam uma semana sem falar.

— Ah, parece que é um jovem! — guinchou Avdótia Ignátievna.

— Eu... eu... eu tive uma complicação, e tão de repente! — tornou a balbuciar o rapazinho. — Schultz me disse ainda na véspera: o senhor, diz ele, está com uma complicação, e de repente morri ao amanhecer. Ah! Ah!

— Bem, não há o que fazer, meu jovem — observou o general cheio de benevolência e notória alegria pelo novato —, precisa consolar-se. Seja bem-vindo ao nosso, por assim dizer, vale de Josafá.[16] Somos gente bondosa, vós o sabereis e apreciareis. Major-general Vassíli Vassíliev Piervoiêdov para servi-lo.

---

[15] Classe civil de segunda categoria. (N. da E.)

[16] Vale situado nos arredores de Jerusalém; segundo a lenda bíblica, o nome se deve a Josafá, rei da Judeia. O vale de Josafá é um símbolo profético bíblico: é o lugar onde se dará o Dia do Juízo Final, quando o mundo acabar. (N. da E.)

— Ah, não! não, não, de jeito nenhum! Estava no consultório de Schultz; andava com uma complicação, primeiro senti o peito tomado e tosse, depois peguei uma gripe: o peito e a gripe... e de repente tudo inesperado... e o pior, totalmente inesperado.

— O senhor está dizendo que primeiro foi o peito — intrometeu-se brandamente o funcionário, como se quisesse animar o novato.

— Sim, o peito e escarro, depois desapareceu o escarro e não senti o peito, não conseguia respirar... o senhor sabe...

— Sei, sei. Mas se era peito, seria melhor o senhor ter ido a Eckoud e não a Schultz.[17]

— Sabe, eu estava para ir a Bótkin... mas de repente...

— Bem, Bótkin arranca os olhos da cara — observou o general.

— Não, ele não arranca olho nenhum; ouvi dizer que ele é muito atencioso e antecipa tudo.

— Sua Excelência observou a propósito do preço — emendou o funcionário.

— Ah, o que é isso, apenas três rublos, e ele examina tão bem, e receita... e eu queria sem falta, porque me disseram... Então, senhores, devo ir a Eckoud ou a Bótkin?

— O quê? Aonde? — com uma gargalhada agradável começou a agitar-se o cadáver do general. O funcionário o repetiu em falsete.

— Querido menino, meu menino querido e radiante, como eu te amo! — ganiu em êxtase Avdótia Ignátievna. — Ah, se colocassem um assim ao meu lado!

---

[17] Estrelas da medicina de São Petersburgo. O *Almanaque Russo* de Suvórin informa sobre eles na rubrica "Médicos especialistas de Petersburgo", dando detalhes de endereço, dias de atendimento etc. Também aparecem nos manuscritos de *Crime e castigo* e *O idiota*. (N. da E.)

Não, isso eu já não posso admitir! e olhe que esse é um morto moderno! Entretanto, vamos ouvir mais e sem pressa de concluir. Esse fedelho novato — lembro-me dele ainda há pouco no caixão — é a expressão de um frango assustado, a mais asquerosa do mundo! Mas vejamos o que vem pela frente.

Mas depois começou tal pandemônio que não retive tudo na memória, porque muitos acordaram ao mesmo tempo; acordou um funcionário, conselheiro civil,[18] e começou imediatamente a discutir com o general o projeto de uma nova subcomissão no ministério e, conjugado com essa subcomissão, um provável remanejamento de ocupantes de cargos, o que deixou o general bastante entretido. Confesso que eu mesmo me inteirei de muitas novidades, de sorte que fiquei impressionado com os meios pelos quais às vezes podemos tomar conhecimento das novidades administrativas nesta capital. Depois semidespertou um engenheiro, que ainda levou tempo resmungando um completo absurdo, de sorte que os nossos nem implicaram com ele, mas deixaram que por ora continuasse deitado. Finalmente uma ilustre grã-senhora, sepultada pela manhã no catafalco, deu sinais de animação tumular. Lebieziátnikov (porque se chamava Lebieziátnikov o bajulador conselheiro da corte, objeto do meu ódio, que se colocara ao lado do general Piervoiêdov) ficou muito agitado e surpreso ao ver que desta vez todos estavam acordando muito depressa. Confesso que eu também me surpreendi; aliás, alguns dos despertos já estavam enterrados há três dias, como, por exemplo, uma mocinha bem jovem, de uns dezes-

---

[18] Classe civil de quinta categoria. (N. da E.)

seis anos, que dava risadinhas sem parar... dava risadinhas abjetas e sensuais.

— Excelência, o conselheiro secreto Tarassiêvitch está acordando! — anunciou de súbito Lebieziátnikov com uma pressa excepcional.

— Ahn, o quê? — resmungou o conselheiro secreto com voz ciciante e nojo, despertando de repente. No som da voz havia um quê de capricho e imposição. Por curiosidade agucei o ouvido, pois nos últimos dias eu ouvira falar coisas sumamente tentadoras e inquietantes a respeito desse Tarassiêvitch.

— Sou eu, Excelência, por enquanto apenas eu.

— Qual é o seu pedido e o que o senhor deseja?

— Apenas me inteirar da saúde de Vossa Excelência; por falta de hábito, cada um que chega aqui se sente meio tolhido da primeira vez... O general Piervoiêdov gostaria de ter a honra de conhecer Vossa Excelência e espera...

— Não ouvi.

— Perdão, Excelência, é o general Piervoiêdov, Vassíli Vassílievitch...

— O senhor é o general Piervoiêdov?

— Não, Excelência, sou apenas o conselheiro da corte Lebieziátnikov para servi-lo, mas o general Piervoiêdov...

— Absurdo! E peço-lhe que me deixe em paz.

— Deixai-o — finalmente o general Piervoiêdov deteve com dignidade a pressa torpe do seu protegido sepulcral.

— Ele ainda não acordou, Excelência, é preciso considerar; isso é falta do hábito: quando acordar o receberá de modo diferente...

— Deixai-o — repetiu o general.

— Vassíli Vassílievitch! Ei, Excelência! — gritou alto de súbito e entusiasmada ao lado da própria Avdótia Ignátievna

uma voz inteiramente novata, voz fidalguesca e petulante, com a dicção lânguida da moda e descaradamente escandida —, já faz duas horas que vos observo todos; há três dias estou deitado aqui: o senhor se lembra de mim, Vassíli Vassílievitch? Kliniêvitch, nós nos encontramos em casa de Volokonski, onde o senhor, não sei por quê, também era recebido.

— Como, o conde Piotr Pietróvitch... não me diga que é o senhor... e em idade tão jovem... Como lamento!

— E eu também lamento, só que para mim dá no mesmo e doravante quero desfrutar de tudo o que for possível. E não sou conde, mas barão, apenas barão. Nós somos uns baronetes sarnentos, descendentes de criados, aliás, eu até desconheço a razão disso e estou me lixando. Sou apenas um pulha da "pseudo alta sociedade" e me considero um "amável *polisson*".[19] Meu pai era um generalote qualquer e houve época em que minha mãe era recebida *en haut lieu*.[20] No ano passado eu e o *jid*[21] Zifel pusemos em circulação cerca de cinquenta mil rublos em notas falsas, eu o denunciei, e o dinheiro Yulka Charpentier de Lusignan levou todinho para Bordeaux. E imaginai que eu já estava noivo — de Schevaliévskaia, moça ainda colegial, a menos de três meses para completar dezesseis anos, noventa mil rublos de dote. Avdótia Ignátievna, estais lembrada de como me pervertestes há quinze anos, quando eu ainda era um cadete de catorze anos?

— Ah, és tu, patife, pelo menos Deus te enviou, porque aqui...

— Em vão desconfiastes de mau cheiro no vosso vizinho negociante... Eu me limitei a calar e rir. Porque o mau cheiro sai de mim; é que me enterraram num caixão pregado.

---

[19] "Vadio", "vagabundo", em francês no original. (N. do T.)

[20] "Nas altas rodas", em francês no original. (N. do T.)

[21] Termo depreciativo usado no tratamento de judeus. (N. do T.)

— Ah, que tipo abominável! Mas mesmo assim estou contente; não acreditaríeis, Kliniêvitch, não acreditaríeis como isso aqui carece de vida e graça.

— Pois é, pois é, mas eu tenho a intenção de organizar aqui alguma coisa original. Excelência — não estou falando com o senhor, Piervoiêdov —, Excelência, o outro, o senhor Tarassiêvitch, o conselheiro secreto. Respondei! É Kliniêvitch, que na Quaresma vos levou à casa de *mademoiselle* Furie, estais lembrado?

— Eu vos estou ouvindo, Kliniêvitch, e muito contente, acreditai...

— Não acredito numa vírgula, e estou me lixando. Eu, amável velhote, quero simplesmente cobri-lo de beijos, mas graças a Deus não posso. Sabeis vós, senhores, o que esse *grand-père*[22] engendrou? Faz três ou quatro dias que morreu, e podeis imaginar que deixou um desfalque de quatrocentos mil rublos redondos em dinheiro público? A quantia estava em nome das viúvas e dos órfãos, mas não se sabe por que ele a administrava sozinho, de sorte que acabou ficando oito anos livre de fiscalização. Imagino a cara de tacho de todos eles lá e que lembrança guardam dele! Não é verdade que é uma ideia cheia de volúpia? Vivi todo o ano passado admirado de ver como esse velhote de setenta anos, cheio de gota nas mãos e nos pés, ainda conseguia conservar tanta energia para a libertinagem, e agora vejo o enigma decifrado! Aquelas viúvas e órfãos... aliás, a simples ideia de sua existência deveria deixá-lo em brasas!... Eu já conhecia essa história havia muito tempo, e era o único a conhecê-la, Charpentier me contou na Semana Santa e, mal tomei conhecimento, investi contra ele, amigavelmente: "Passa-me vinte e cinco mil, senão amanhã a fiscalização estará aqui"; imaginai, na oca-

---

[22] "Vovô", em francês no original. (N. do T.)

sião ele só arranjou treze mil, de sorte que, parece, agora a morte dele vem bem a propósito. *Grand-père, grand-père*, estais ouvindo?

— *Chèr* Kliniêvitch, estou inteiramente de acordo convosco, e em vão... descestes a semelhantes detalhes. Na vida há tanto sofrimento, tanto martírio e tão pouco castigo... eu desejei finalmente aquietar-me e, até onde percebo, espero até neste lugar desfrutar de tudo...

— Aposto que ele já farejou Kátich Bieriestova!

— Qual?... Que Kátich? — tremeu lasciva a voz do velho.

— Ah-ah, que Kátich? Ali está, à esquerda, a cinco passos de mim, a dez do senhor. Ela já está aqui há cinco dias, e se o senhor, *grand-père*, soubesse que canalhinha... de um bom lar, educada, e um monstro, um monstro em último grau! Lá eu não a mostrava a ninguém, só eu sabia... Kátich, responda!

— Ih-ih-ih! — respondeu o som de cana rachada da voz da mocinha, mas nele se ouviu algo como uma alfinetada. — Ih-ih-ih!

— E é lou-ri-nha? — balbuciou o *grande-père* com três sons fragmentados.

— Ih-ih-ih!

— A mim... a mim já faz tempo — pôs-se a balbuciar ofegante o velho — que me atrai o sonho com uma lourinha... de uns quinze anos... e justamente numa situação como esta...

— Ah, que monstruosidade! — exclamou Avdótia Ignátievna.

— Basta! — resolveu Kliniêvitch —, estou vendo que o material é magnífico. Aqui vamos nos organizar rapidamente para atingir o melhor. O principal é que passemos com alegria o resto do tempo: mas que tempo? Ei, o senhor aí, Lebieziátnikov, funcionário de alguma coisa, parece que foi esse o nome que ouvi chamarem!

Fiódor Dostoiévski

— Lebieziátnikov, conselheiro da corte, Semión Ievsêitchik, para vos servir e muito, muito contente.

— Estou me lixando para o seu contentamento, mas parece que o senhor é o único aqui que sabe tudo. Dizei, em primeiro lugar (desde ontem que estou admirado), de que modo nós falamos neste lugar? Porque estamos mortos e no entanto falamos; é como se falássemos, e no entanto nem falamos nem nos movemos! Que truques são esses?

— Isso, se o senhor desejar, barão, quem pode vos explicar melhor do que eu é Platon Nikoláievitch.

— Quem é esse Platon Nikoláievitch? Pare de mastigar, vamos ao assunto.

— Platon Nikoláievitch é o nosso filósofo da casa, naturalista e grão-mestre. Já lançou vários livros de filosofia, mas faz três meses que vem entrando no sono definitivo, de modo que aqui já não é mais possível desentorpecê-lo. Uma vez por semana balbucia algumas palavras sem nexo.

— Ao assunto, ao assunto!...

— Ele explica tudo isso com o fato mais simples, ou seja, dizendo que lá em cima, quando ainda estávamos vivos, julgávamos erroneamente a morte como morte. É como se aqui o corpo se reanimasse, os restos de vida se concentram, mas apenas na consciência... Isto não tenho como lhe expressar — é a vida que continua como que por inércia. Tudo concentrado, segundo ele, em algum ponto da consciência, e ainda dura de dois a três meses... às vezes até meio ano... Há, por exemplo, um fulano que aqui quase já se decompôs inteiramente, mas faz umas seis semanas que de vez em quando ainda balbucia de repente uma palavrinha, claro que sem sentido, sobre um tal *bobók*: "*Bobók, bobók*"; logo, até nele ainda persiste uma centelha invisível de vida...

— Coisa bastante tola. E como é que eu estou sem olfato, mas sinto fedor?

— Isso.. eh-eh... Nesse ponto o nosso filósofo meteu-se

em zona nebulosa. Referindo-se precisamente ao olfato, ele observou que aqui se sente um fedor, por assim dizer, moral, eh-eh! É como se o fedor viesse da alma para que, nesses dois, três meses, nós nos apercebêssemos a tempo... e que isso, por assim dizer, é a última misericórdia... Só que eu, barão, acho que tudo isso já é delírio místico, bastante desculpável na situação dele...

— Basta, e estou certo de que todo o resto é absurdo. O importante é que há dois ou três meses de vida e, ao fim de tudo, *bobók*. Sugiro que todos passemos esses dois meses da maneira mais agradável possível, e para tanto todos nos organizemos em outras bases. Senhores!, proponho que não nos envergonhemos de nada!

— Ah, vamos, vamos, não nos envergonhemos de nada! — ouviram-se muitas vozes e, estranho, ouviram-se até vozes inteiramente novas, já que haviam tornado a despertar nesse ínterim. Um engenheiro que despertara completamente trovejou com voz de baixo a sua concordância, com uma presteza especial. A mocinha Kátich dava risadinhas de alegria.

— Ah, como eu quero não me envergonhar de nada! — exclamava em êxtase Avdótia Ignátievna.

— Ouvi, já que Avdótia Ignátievna quer não se envergonhar de nada...

— Não-não-não, Kliniêvitch, eu me envergonhava, apesar de tudo lá eu me envergonhava, mas aqui estou com uma terrível, uma terrível vontade de não me envergonhar de nada!

— Eu entendo, Kliniêvitch — falou o engenheiro com sua voz de baixo —, que estais propondo organizar a vida aqui, por assim dizer, em princípios novos e já racionais.

— Bem, para isso eu estou me lixando! Neste sentido aguardemos Kudeiárov, foi trazido ontem. Assim que despertar vos explicará tudo. Precisam ver que tipo, é um tipo agigantado! Amanhã, parece, vão trazer mais um naturalista, certamente um oficial e, se não estou enganado, dentro de uns três ou quatro dias um folhetinista, e parece que junto com o redator-chefe. Aliás, o diabo os tenha, porque tão logo se reúna a nossa turma, tudo entre nós se organizará naturalmente. Mas por enquanto eu quero que não se minta. É só o que eu quero, porque isto é o essencial. Na Terra é impossível viver e não mentir, pois vida e mentira são sinônimos; mas, com o intuito de rir, aqui não vamos mentir. Aos diabos, ora, pois o túmulo significa alguma coisa! Todos nós vamos contar em voz alta as nossas histórias já sem nos envergonharmos de nada. Serei o primeiro de todos a contar a minha história. Eu, sabei, sou dos sensuais. Lá em cima tudo isso estava preso por cordas podres. Abaixo as cordas, e vivamos esses dois meses na mais desavergonhada verdade! Tiremos a roupa, dispamo-nos!

— Dispamo-nos, dispamo-nos! — gritaram em coro.

— Estou com uma terrível, uma terrível vontade de tirar a roupa! — ganiu Avdótia Ignátievna.

— Ah... ah... Ah, estou vendo que a coisa aqui vai ficar alegre; não quero mais ir a Eckoud.

— Não, eu ainda gostaria de viver, não, ficai sabendo, eu ainda gostaria de viver!

— Ih-ih-ih — Kátich dava risadinhas.

— O principal é que ninguém pode nos proibir, e ainda que Piervoiêdov se zangue, como estou vendo, ele não pode mesmo me alcançar com a mão. *Grand-père*, o senhor está de acordo?

— Totalmente, totalmente de acordo e com o maior dos prazeres, mas contanto que Kátich seja a primeira a começar sua bi-o-grafia.

— Protesto, protesto com todas as forças — pronunciou com firmeza o general Piervoiêdov.

— Excelência! — balbuciou em voz baixa o canalha do

Lebieziátnikov numa inquietação precipitada e em tom persuasivo. — Excelência, será até mais vantajoso para nós se concordarmos. Como sabeis, está em jogo essa menina... e, no fim das contas, todas essas coisinhas várias...

— Suponhamos, a menina, no entanto...

— Mais vantajoso, Excelência, juro que seria mais vantajoso! Ao menos uma provinha, ao menos experimentemos...

— Nem no túmulo nos deixam em paz!

— Em primeiro lugar, general, o senhor joga *préférence* no túmulo, em segundo, estamos nos li-xan-do para o senhor — escandiu Kliniêvitch.

— Meu caro senhor, não obstante, peço que não esqueçais as maneiras.

— O quê? Ora essa, o senhor não me alcança, e daqui eu posso provocá-lo como se faz com um cachorrinho. Em primeiro lugar, senhores, que general é ele aqui? Lá ele era general, mas aqui é um nada!

— Não, não sou um nada... eu até aqui...

— Aqui apodrecerá no caixão, e deixará seis botões de cobre.

— Bravo, Kliniêvitch, quá-quá-quá! — mugiram vozes.

— Eu servi ao meu soberano... tenho uma espada...

— Vossa espada serve para espetar ratos, e além do mais o senhor nunca a desembainhou.

— Não importa; eu era parte de um todo.

— Sabe-se lá que partes tem um todo.

— Bravo, Kliniêvitch, bravo, quá-quá-quá!

— Eu não entendo o que é uma espada — proclamou o engenheiro.

— Nós vamos fugir dos prussianos como ratos, eles nos reduzirão a pó! — gritou uma voz distante, estranha a mim, mas literalmente sufocada de êxtase.

— A espada, senhor, é honra! — ia gritando o general,

mas só eu o ouvi. Ergueu-se uma berraria demorada e frenética, motim e alarido, e só se ouviam os guinchos impacientes e quase histéricos de Avdótia Ignátievna.

— Vamos logo com isso, logo! Ah, quando é que vamos começar a não ter vergonha de nada!

— Oh-oh-oh! a alma anda verdadeiramente atormentada! — ia-se ouvindo uma voz vinda do povão e...

E eis que de repente espirrei. Aconteceu de forma súbita e involuntária, mas o efeito foi surpreendente: tudo ficou em silêncio, exatamente como no cemitério, desapareceu como um sonho. Fez-se um silêncio verdadeiramente sepulcral. Não acho que tenham sentido vergonha de mim: haviam resolvido não se envergonhar de nada! Esperei uns cinco minutos e... nem uma palavra, nem um som. Também não dá para supor que tenham temido ser denunciados à polícia; porque, o que a polícia pode fazer neste caso? Concluo involuntariamente que, apesar de tudo, eles devem ter algum segredo desconhecido dos mortais e que eles escondem cuidadosamente de todo mortal.

"Bem, queridos, refleti, ainda hei de visitá-los" — e com essas palavras deixei o cemitério.

Não, isso eu não posso admitir; não, efetivamente não! O *bobók* não me perturba (vejam em que acabou dando esse tal *bobók*!).

Perversão em um lugar como este, perversão das últimas esperanças, perversão de cadáveres flácidos e em decomposição, sem poupar sequer os últimos lampejos de consciência! Deram-lhes, presentearam-nos com esses lampejos e... E o mais grave, o mais grave: num lugar como este! Não, isto eu não posso admitir...

Circulo em outras classes, escuto em toda parte. O problema é que preciso escutar em toda parte e não só de um lado para fazer uma ideia. Pode ser que eu depare com algo consolador.

Mas voltarei sem falta àqueles. Prometeram suas biografias e toda sorte de anedotas. Arre! Mas vou procurá-los, vou sem falta; é uma questão de consciência!

Vou levar ao *Grajdanin*;[23] lá também reproduziram o retrato de um redator-chefe. Pode ser que publiquem.

---

[23] *O Cidadão*, semanário de Petersburgo do qual Dostoiévski é redator-chefe quando publica *Bobók*. (N. do T.)

Vassíli Perov, *Retrato do escritor Fiódor Dostoiévski*, 1872, óleo s/ tela, 99 x 80,5 cm, Galeria Tretiakov, Moscou.

O UNIVERSO DE *BOBÓK*

Paulo Bezerra

Dostoiévski publica *Bobók* em 1873, com a finalidade de ajustar contas com a crítica muitas vezes azeda, ideologicamente raivosa e desrespeitosa ao romance *Os demônios*, publicado no ano anterior. Escrito à queima roupa, esse conto aproxima narrador e objeto da representação, tempo da ação e tempo da narração, elimina toda distância entre os polos componentes do universo representado e arrasta imediatamente o leitor para dentro do clima de hostilidade da crítica ao romancista, que se seguiu à publicação de *Os demônios*, em 1872. Acusado de louco, de haver criado um romance que "lembra um hospital povoado de pacientes excêntricos", de "marionetes e figuras afetadas ao lado de personagens vivas", um romance que "deixa a impressão extremamente sinistra de um manicômio", traz uma "enxurrada de asneiras" e apresenta os niilistas como "manequins que se distinguem entre si por essa ou aquela variedade de delírio" que, no fundo, são "delírios do próprio autor" — tudo isso, segundo muitos críticos, revela de modo definitivo "a falência do autor de *Gente pobre*". Sensível à crítica pró ou contra, Dostoiévski passa por uma breve crise e faz planos para responder na bucha aos seus críticos. Podia fazê-lo sem nenhuma dificuldade, pois a essa altura era redator-chefe do semanário *Grajdanin* [O Cidadão], onde, além de editar artigos sobre os mais diversos temas, publicou o famoso *Diário de um escritor* e várias de suas obras, entre elas o próprio conto *Bobók*. Contudo, em vez de usar a crítica jornalística, na qual se destacava como um polemista inflamado e contundente, preferiu dar sua resposta no campo onde nenhum de seus oponentes e detratores tinha a mínima condição de ombrear-se com ele: no campo da ficção. Foi isto que deu origem a *Bobók*.

O clima psicológico desencadeado por essa crítica hostil ao romance *Os demônios* reflete-se diretamente na estrutura de *Bobók*, que é marcada por uma profunda tensão traduzida no comportamento do protagonista e nos vaivéns de sua linguagem. Observando a maioria das resenhas e críticas a *Os demônios*, nota-se que nelas predomina a ideia de desequilíbrio, delírio e loucura, em suma, toda uma estratégia da crítica cujo fim é desqualificar obra e autor, irritá-lo e tirá-lo do prumo, levá-lo a cometer "desatinos". O narrador aceita o desafio e mergulha nesse clima, vai desenvolvendo seu movimento pendular de sentimentos contraditórios, onde aparecem elementos dialógicos como evasivas, cisões, intermitências acentuais, reticências etc., numa tensão diabólica entre aceitação e rejeição da palavra do outro. Mas isto é uma estratégia da narrativa para preparar a contraposição do autor, que está por trás do narrador.

Sendo *Bobók* uma resposta a esses críticos, mesmo considerando o necessário distanciamento estético entre autor e obra, entre os fatos reais e sua plasmação ficcional, verifica-se no conto uma presença muito forte do elemento autobiográfico, que se traduz, para além da polêmica com os críticos, no modo composicional de Dostoiévski, no qual todo personagem tem pleno direito à voz, independentemente do peso de sua função na obra. Apesar da tensão que envolvia Dostoiévski durante a escrita de *Bobók*, seu protagonista e narrador vai dando voz a cada um dos detratores do romancista para depois lhes contrapor seus argumentos, marcados por grande elevação e sutis observações de ordem histórica, ético-filosófica, estética e psicológica. A ênfase no tema da loucura, um dos principais elementos de sua polêmica com a crítica, visa livrar esse tema da vulgarização a que fora reduzido no senso comum e incorporado dessa mesma maneira pela crítica. Daí suas observações sutis e profundas, que põem o tema da loucura em um novo nível de reflexão e o relativiza. Primeiro faz uma referência à experiência russa: "No ano passado muita gente foi registrada como louca em nosso país...", e em seguida arremata: "De fato: ao trancar o outro numa casa de loucos você ainda não está provando sua própria inteligência". Mas o narrador não se daria por satisfeito limitando a discussão do tema da loucura à experiência russa, e resolve universalizá-lo, incluindo na discussão dois grandes pensadores. Primeiro remete a Erasmo, para quem "o homem é tanto mais feliz quanto mais numerosas são as suas modalidades de loucura... eu não saberia dizer se haverá, em todo o gênero humano, um só indivíduo que seja sempre sábio e não tenha também a sua modalidade",[1] e completa a reflexão do tema com uma alusão a esta citação de Montesquieu: "Há aqui uma casa onde internam os loucos. Seria então de se acreditar que fosse a maior da cidade... Sem dúvida os franceses, tão denegridos por seus vizinhos, encerram uns poucos doidos nessa casa, para se convencerem de que têm juízo os que estão fora".[2] Ao universalizar o tema da loucura e relativizar a condição de louco, Dostoiévski retoma aquele espaço sem fronteiras da memória do romanesco referido por Northrop Frye, e assim

---

[1] Erasmo de Roterdã, *Elogio da loucura*, tradução de Paulo M. Oliveira, Coleção Os Pensadores, vol. X, São Paulo, Abril Cultural, 1972, pp. 68-9.

[2] Montesquieu, *Cartas persas*, tradução de Renato Janine Ribeiro, São Paulo, Pauliceia, 1991, p. 137.

permite que se lance uma ponte entre *Bobók* e *O alienista*, de Machado de Assis. Neste, Simão Bacamarte, o psiquiatra que trancou toda a população da cidade na famosa Casa Verde, presumindo que todos fossem loucos, acabou trancando-se a si mesmo ao perceber que o doido era ele.

Abordada a questão da loucura, o narrador introduz na polêmica a relação entre inteligência e imbecilidade, e a relativiza a tal ponto que a imbecilidade passa a ser patrimônio público e se generaliza tanto que quase apaga os limites entre esses dois conceitos. Ao afirmar que o mais inteligente dos homens é aquele que "ao menos uma vez por mês chama a si mesmo de imbecil", o narrador de *Bobók* cria a imagem ambivalente da imbecilidade inteligente e vice-versa, incorporando o espírito de Sócrates, que se dizia o mais sábio dos homens porque sabia que nada sabia e assim criava a imagem ambivalente da sábia ignorância. O tom jocoso que daí se segue quebra a tensão asfixiante motivada pela polêmica que envolve o primeiro segmento da narrativa e abre espaço para sua radical inversão temática. Mas antes que isto aconteça, Dostoiévski usa de um extraordinário virtuosismo para mudar as coordenadas formais da narrativa e justificar composicionalmente a insólita experiência a ser vivida por seu herói e narrador. Este afirma que "começa a ver e ouvir umas coisas estranhas", sendo assim inserido na narrativa aquilo que em teoria literária se chama de precondição do fantástico. E como quem se sente saturado de tão asfixiante tensão, fecha o primeiro segmento com a seguinte afirmação: "Preciso me distrair".

Gênero e gêneros

O segundo segmento desdobra a última frase do primeiro, "Saí para me distrair, acabei num cemitério", e com isso muda brusca e radicalmente o estilo do narrador, que passa do empolado, descontínuo e ziquezaguente, que até então marcara sua fala insegura, para uma dicção leve, bem consentânea com o tom jocoso da história que culminará no diálogo dos mortos. A palavra *cemitério*, por evocar a ideia de morte, poderia parecer um contraponto insuperável à palavra *distração*, que evoca alegria, farra, vida. Mas Dostoiévski resolveu a questão recorrendo ao antiquíssimo gênero da sátira menipeia, tipo de narrativa cuja criação é atribuída ao filósofo cínico Menipo de Gádara (primeira metade do século III a.C.), e o fez na forma de diálogo dos mortos, consagrada por Luciano de Samósata (século II d.C.), mas atualizada à maneira russa. Vejamos em breves pinceladas alguns traços característicos da menipeia que deram sustentação formal ao conto *Bobók*.

Na sátira menipeia, desaparecem todos os resquícios das barreiras hierárquica, social, etária, sexual, religiosa, ideológica, nacional, linguística etc.; entre os participantes do diálogo não há nenhuma espécie de reverência, regra de decoro, etiqueta, medo, resultando daí uma completa liberdade de expressão, sob a qual todas as coisas são ditas com naturalidade e o riso desempenha um papel mais grosseiro do que desempenhara até então. A ausência de formas de reverência põe o mundo literalmente de pernas para o ar, cria a impressão de um caos absoluto na ordem universal das coisas. Desaparece a sensação de seriedade no comportamento das personagens e em sua relação com o mundo; tudo é alvo de rebaixamento grosseiro e inversões ousadas, nas quais os momentos elevados do mundo aparecem às avessas, com uma faceta oposta àquela em que antes se manifestavam. O riso aproxima e dá o tom a tudo, sua ambivalência vislumbra uma nova perspectiva de construção do universo, assumindo, em casos particulares, conotações utópicas. O riso familiariza tudo e não deixa mais lugar para a imagem elevada do passado; todo o espaço da representação se constitui numa zona de contato familiar entre o mais sagrado e o mais profano, o mais alto e o mais baixo, e nessa zona tudo pode ser fisicamente tocado. Como predomina a familiarização, como tudo é dado no contato imediato, não há qualquer restrição de espaço e tempo para o enredo, que se desloca com total liberdade de fantasia do céu à terra, desta ao inferno, do presente ao passado etc. O reino de além-túmulo é o espaço das disputas e do congraçamento universal, e aí os protagonistas do passado, dos tempos lendário e histórico, e os contemporâneos vivos, que em vida eram separados por barreiras de diversos tipos, encontram-se de maneira familiar para debates e até contendas. Surge, assim, um modelo utópico de mundo ideal, onde cada indivíduo é dono de si mesmo e da sua palavra, que flui livre de qualquer injunção, uma vez que não há leis para reger o comportamento dos homens.

O reino dos mortos é o lugar ideal para o riso, pois está livre das leis que regem a vida terrena, nele não existe a preocupação com o pós-morte nem com o desconhecido, e todos se encontram fora do alcance das restrições do mundo dos vivos. Em *Bobók*, essas restrições são representadas pelas "cordas podres" em que, segundo Kliniêvitch, se sustentava o mundo dos vivos e agora, livres delas, os mortos que integram a alegre confraria de além-túmulo podem experimentar uma vida nova em condições excepcionais, ou melhor, nas "outras bases" a que se refere o próprio Kliniêvitch. Aí todos são iguais em sua condição de mortos e por isso não há nenhuma forma de reverência, podem rir uns dos outros, insultar-se, desafiar-se mutuamente, enfim, a liberdade é total.

Assim, Dostoiévski recria numa forma muito condensada o autêntico clima do reino dos mortos de Luciano, abrindo espaço para o riso, que aí exerce a função de elemento deflagrador da verdade, como diz Kliniêvitch: "com o intuito de rir, aqui não vamos mentir".

Ao atualizar o tema do diálogo dos mortos, Dostoiévski mostra como ele está universalizado e perpetuado na memória do gênero. Dois exemplos ilustram essa afirmação. Na *Apocoloquintose* de Sêneca, depois de morto, Cláudio é julgado no Olimpo em um grande diálogo de mortos ilustres, entre eles Augusto. Ali todos estão livres das leis e restrições que regem o comportamento dos homens em vida, a liberdade é total, o direito à palavra se estende a todos, há de fato uma "vida" em "novas bases", sem nenhum escamoteamento da verdade e Cláudio é desmascarado, condenado e expulso. O segundo exemplo está em *Memórias póstumas de Brás Cubas*, de Machado de Assis. Machado atualizou de tal forma o tema da menipeia que criou o defunto autor, que, "do outro lado da vida", escreve o seguinte sobre a condição de morto, que coincide com as "novas bases" em que se assenta a "vida" e a liberdade:

> "Talvez espante ao leitor a franqueza com que lhe exponho e realço minha mediocridade; advirta que a franqueza é a primeira virtude de um defunto. Na vida, o olhar da opinião, o contraste dos interesses, a luta das cobiças obrigam a gente a calar os trapos velhos, a disfarçar os rasgões e os remendos, a não estender ao mundo as revelações que faz à consciência... Mas, na morte, que diferença! que desabafo! que liberdade! Como a gente pode sacudir fora a capa, deitar ao fosso as lantejoulas, despregar-se, despintar-se, desafeitar-se, confessar lisamente o que foi e o que deixou de ser. Porque, em suma, já não há vizinhos, nem amigos, nem inimigos, nem conhecidos, nem estranhos; não há plateia. O olhar da opinião, esse olhar agudo e judicial, perde a virtude, logo que pisamos o território da morte; não digo que ele não se estenda para cá,

e nos não examine e julgue; mas a nós é que não se nos dá do exame nem do julgamento. Senhores vivos, não há nada tão incomensurável como o desdém dos finados."³

Fica com o leitor a decisão de comparar essa reflexão *post mortem* de Brás Cubas com as falas de Kliniêvitch e confrades no reino dos mortos de *Bobók*.
Note-se que neste último esboça-se a manutenção das formalidades do relacionamento entre as pessoas na sociedade hierarquicamente estruturada; contudo, tais formalidades são apenas superficiais e vão se relativizando até serem inteiramente neutralizadas ou reduzidas a meros simulacros de relacionamentos hierárquicos. Prova disto é a reação às atitudes do general Piervoiêdov, que tenta manter sua dignidade de general no reino dos mortos sacando da espada para defendê-la; mas nesse mundo a dignidade é coisa absolutamente descartada, sua simples ideia soa inoportuna e por isso ninguém lhe dá o menor crédito e ele termina a história comicamente reduzido também a simulacro de antigo general. É cômica e grotesca a sanha erótica de Avdótia Ignátievna, como é cômica e grotesca a sensualidade do conselheiro Tarassiêvitch; é profundamente cômica a cena em que Lebieziátnikov pergunta pela saúde do morto Tarassiêvitch etc. Trata-se de elementos do gênero que Dostoiévski manteve essencialmente intactos.

Dostoiévski aproveita ainda em *Bobók* um importante elemento filosófico da menipeia e dos diálogos socráticos que é a experimentação da ideia filosófica, da palavra e da verdade. Esse fundo filosófico assume características bastante am-

---

³ Machado de Assis, *Memórias póstumas de Brás Cubas*, São Paulo, W. M. Jackson, 1952, p. 101.

plas, abre uma interlocução com outras obras dostoievskianas (como *Humilhados e ofendidos*, para citarmos apenas uma), e com outros autores, como Platão, por exemplo, levando a questão a transcender os limites do próprio texto, a começar pela ideia da relação entre vida e morte. O filósofo da casa, Platon Nikoláievitch, autor de vários livros de filosofia, desenvolve a ideia segundo a qual quando eles, isto é, os membros da confraria de além-túmulo, ainda estavam vivos, julgavam "erroneamente a morte como morte". Ali, no reino de além-túmulo, "é como se o corpo tornasse a viver", "os restos de vida se concentram [...] em algum ponto da consciência [...] a vida continua como que por inércia". Essa concepção é muito próxima da que Platão desenvolve no *Fédon*,[4] onde Sócrates discute a questão da morte como libertação do pensamento e diz: "por todo o tempo em que durar nossa vida, estaremos mais próximos do saber [...] quando nos afastarmos o mais possível da sociedade em união com o corpo". Traduzida essa afirmação socrática na linguagem de Platon Nikoláievitch, ela poderia ser assim resumida: enquanto julgarmos "erroneamente a morte como morte", será impossível atingir esse saber socrático. E como Sócrates está interessado no saber como forma de chegar à verdade, tem ele "a firme convicção de que depois da morte há qualquer coisa — qualquer coisa de resto [...]",[5] ou melhor, há "os restos de vida", como quer Platon Nikoláievitch. Sócrates, porém, usa de critério axiológico e delimita o acesso a esses restos de vida, argumentando que "uma antiga tradição diz ser muito melhor para os bons do que para os maus". Sócrates argumenta que, estando a alma livre da prisão do corpo, pode "concentrar-se em si mesma e sobre si

---

[4] Platão, *Fédon*, tradução de Jorge Paleikat e João Cruz Costa, Coleção Os Pensadores, vol. III, São Paulo, Abril Cultural, 1972, p. 74.

[5] *Idem*, p. 70.

mesma", ou, diria Platon Nikoláievitch, concentrar-se "na consciência", "em algum ponto" desta. Em essência, há um diálogo entre as reflexões do Sócrates de *Fédon* e as de Platon Nikoláievitch; Sócrates fala do resto da existência das almas puras, isto é, sua perspectiva de sobrevivência é indefinida, ao passo que Platon Nikoláievitch fala de "dois a três meses" e "... às vezes até meio ano...". Cabe, porém, mais uma observação: Platon Nikoláievitch fala que ali se sente um fedor moral, e, na perspectiva socrática, tal fedor seria uma advertência para que, nos dois ou três meses restantes, os mortos se dessem conta da vida provavelmente mal vivida. O próprio Lebieziátnikov qualifica tais reflexões de "delírio místico", Kliniêvitch, de tolice. Cruzadas e experimentadas, as verdades filosóficas de Sócrates e Platon Nikoláievitch acabam tachadas de delírio místico e tolice por aqueles que ainda continuam presos à "vida do corpo".

Também como filosofia, a questão ética ligada ao fedor moral amplia os horizontes de *Bobók*, que assim dialoga com outras obras de Dostoiévski, como *Humilhados e ofendidos*, romance de 1861, com a confissão que o príncipe Valkóvski faz ao narrador, afirmando que, se cada um de nós descrevesse todos os seus podres, "não só o que ele teme dizer aos seus melhores amigos, mas inclusive o que às vezes teme confessar a si mesmo", o mundo seria tomado de "tamanho fedor" que todos nós acabaríamos morrendo sufocados.[6]

O mesmo sensualismo de Kliniêvitch, Avdótia Ignátievna, Tarassiêvitch e Kátich também aparece nesse mesmo romance, onde o príncipe Valkóvski define bem suas aspirações aristocráticas ao dizer que "no mundo pode-se viver de modo tão alegre e belo sem ideais", que gosta de "pompa, patente, hotel, imensas apostas no baralho", mas gosta "principal-

---

[6] Fiódor Dostoiévski, *Humilhados e ofendidos*, em *Obras completas em trinta tomos*, Leningrado, Ed. Naúka, 1972, p. 361.

mente de mulheres, e de mulheres de todas as espécies": "gosto até de uma libertinagem secreta, obscura, mais inusitada e mais original, até com um pouco de sordidez para variar [...]".[7] Note-se que esse mesmo gosto pela libertinagem secreta e obscura e pela sordidez também é professado por outro nobre: Svidrigáilov, de *Crime e castigo*. Valkóvski choca o narrador, seu interlocutor, contando com a mais absoluta sem-cerimônia segredos íntimos seus e da gente de seu mundo. Conta a história de uma dama da alta sociedade, uma condessa de uns 27 ou 28 anos, primeira classe em beleza, e "que busto, que postura, que andar!". No seu meio aquela mulher tinha enorme importância. "As velhas mais orgulhosas e das virtudes mais terríveis a respeitavam e adulavam... Uma única observação... ou insinuação sua podia arruinar uma reputação, tal era a maneira como se colocara na sociedade; até os homens a temiam".[8] Aquela dama de tantas virtudes e alvo de tanto respeito e admiração lançou-se em um "misticismo contemplativo, aliás também sereno e majestoso... E o que se viu? Não havia uma devassa mais devassa que aquela mulher, e eu tive a felicidade de merecer inteiramente sua confiança. Numa palavra, era seu amante secreto e misterioso". Aquela mulher era "tão voluptuosa que o próprio marquês de Sade poderia aprender com ela. Contudo, o mais intenso, o mais penetrante e emocionante naquele prazer era seu mistério e a impudência do engano. Aquela zombaria de tudo o que a condessa propagava na sociedade como o mais elevado, inacessível e inviolável, e, por último, aquela diabólica gargalhada interior e a humilhação consciente de tudo o que não se pode humilhar, e tudo isso sem limite, levado àquele último dos últimos graus, àque-

---

[7] *Idem*, p. 365.
[8] *Idem, ibidem*.

le grau que nem a imaginação mais ardente poderia conceber... É, ela era o próprio diabo em carne e osso", mas um diabo "invencível de tão encantador. Até hoje não consigo me lembrar dela sem êxtase".[9] A imagem da condessa devassa, cuja história Valkóvski acaba de narrar, tem relação direta com a imagem de Avdótia Ignátievna.

Quem é esse príncipe Valkóvski? Um descendente de um ramo nobre arruinado, que começa sua carreira casando-se com a filha de um comerciante exclusivamente pelo dote. Faz carreira no serviço público, ocupando cargos que usa para enriquecimento e passando por cima de tudo e de todos no afã de acumular e ampliar sua fortuna. Valkóvski reúne em si o perfil da decadência da nobreza e do capitalismo ascendente, tem plena consciência e orgulho da sua condição de burguês, diz que "Tudo é para mim, e todo o mundo foi criado para mim... Eu só me considero obrigado quando isto me traz algum proveito... Ame a si mesmo — eis uma regra que eu reconheço. A vida é uma transação comercial...".[10] Esse individualismo exacerbado e narcísico é o pragmatismo burguês que vê tudo como objeto de proveito, de lucro, e a visão da própria vida à luz desse pragmatismo que a considera mera transação comercial. Esse híbrido de aristocrata decadente e novo burguês vê o mundo como sua vontade e por isso deseja que a vida seja longa, e declara que quer "viver forçosamente até os noventa anos".[11]

Diante de tudo isso, a proposta de Kliniêvitch, no sentido de passarem os restantes "dois ou três meses da maneira mais agradável possível", sem se envergonharem de nada, "contando em voz alta" suas histórias e estabelecendo o rei-

---

[9] *Idem*, pp. 364-5.

[10] *Idem*, p. 365.

[11] *Idem*, p. 366.

no da "mais desavergonhada verdade", já encontra antecedentes no príncipe Valkóvski. Essa verdade aristocrática, experimentada por esse príncipe e pelo barão Kliniêvitch é, na visão de Dostoiévski, produto da civilização do século XIX.

Essa experimentação da verdade passa pelo próprio Kliniêvitch, que agora, vivendo em "novas bases" no inferno carnavalizado, livre das "cordas podres" que sustentam a sociedade "lá em cima", quer a verdade, quer "que não se minta...", porque na terra "é impossível viver e não mentir, pois vida e mentira são sinônimos".

Aqui a mentira é discutida no plano exclusivo do imaginário, pois são personagens ficcionais que a debatem. É importante observar que, em Dostoiévski, o imaginário e o real estão de tal forma imbricados que a discussão da verdade passa diretamente das personagens ficcionais para o próprio Dostoiévski jornalista, como se verifica no artigo "Alguma coisa sobre a mentira" ("Niétchto o vraniô"), publicado em agosto de 1873 no *Grajdanin*, onde o autor escreve:

> "Uma delicada reciprocidade da mentira quase chega a ser a primeira condição da sociedade russa: em todas as suas reuniões, saraus, clubes, sociedades científicas etc... Na Rússia, a verdade quase sempre tem caráter perfeitamente fantástico... está na mesa há um século diante das pessoas e estas não a tocam, mas correm atrás do inventado justamente porque consideram a verdade coisa fantástica e utópica... cada um de nós carrega consigo uma quase nata vergonha de si mesmo e da sua própria cara."[12]

---

[12] Fiódor Dostoiévski, "Algo sobre a mentira", em *Obras completas em trinta tomos*, *op. cit.*, tomo XXI, p. 119.

Já que a mentira é a primeira condição da sociedade russa e a verdade sempre tem caráter fantástico, então é necessário que o plano do real seja substituído pelo fantástico para que se inverta essa situação: a primeira condição não seja mais a mentira e sim a verdade, e os russos não se envergonhem de nada. Essa passagem do plano real para o fantástico é facilitada por um elemento nada secundário: o mundo real, que fica "lá em cima", é sustentado por "cordas podres", isto denuncia seu equilíbrio precário, que pode ser violado a qualquer momento, e sugere que é muito tênue a fronteira entre o real e o fantástico, que convivem em planos paralelos. Daí ser fácil a Kliniêvitch e seus confrades aristocratas abolirem as tais "cordas podres" e instituírem uma sociedade utópica ao modo aristocrático, onde irão passar os "dois ou três meses" que lhes restam na mais absoluta liberdade, sem se envergonharem de nada nem ferirem o princípio da verossimilhança, pois, como reconhece o próprio Dostoiévski jornalista, na Rússia as pessoas correm atrás do inventado em detrimento da verdade, que consideram coisa utópica e fantástica. Como a verdade que predomina no mundo real é a da aristocracia, é ela também que vai predominar no reino dos mortos, mas com um adendo: é uma "verdade desavergonhada", em perfeita sintonia com a verdade cínica da vida sem princípios acalentada pelo príncipe Valkóvski, não havendo sequer necessidade de observância de qualquer preceito moral, como ocorre na sociedade do mundo real da qual esse reino dos mortos é metonímia. Mais tarde, em artigo denominado "A um mestre" ("Utchítieliu"), publicado no *Grajdanin* de 6 de agosto de 1873, Dostoiévski comenta que as camadas "estética e intelectualmente desenvolvidas" da sociedade russa são incomparavelmente "mais devassas que o nosso povo grosseiro" e tão atrasado; nas sociedades masculinas até velhotes calvos, depois de lautos jantares e altas discussões de assuntos de Estado, passam a temas estéticos que transbordam rapidamente em "libertinagem e obscenidade" tais que a imaginação popular jamais poderia conceber. Acrescenta que isso acontece com muita frequência e envolve todos os matizes desse "círculo de pessoas tão situadas acima do povo".[13]

O tema da provocação e experimentação da verdade envolve a história do conselheiro da corte Tarassiêvitch, que deu desfalque de um dinheiro público destinado a viúvas e órfãos e teve Kliniêvitch como cúmplice. O próprio Kliniêvitch narra o fato e também se autodenuncia com a maior naturalidade. Tarassiêvitch não se perturba, e limita-se a dizer que tudo isso é inútil lembrar, uma vez que na vida "há tanto sofrimento, tanto martírio e tão pouco castigo". O mesmo tema envolve também Avdótia Ignátievna, que acaba denunciada como caloteira pelo vendeiro. A experimentação dessas verdades acaba em um autodesmascaramento da aristocracia, pronunciado pelo barão Kliniêvitch, que se autodefine como "um pulha da pseudo-alta sociedade", um dos "baronetes sarnentos", filho de um "generalote qualquer", e simplesmente ladrão e canalha da pior espécie — pôs em circulação cinquenta mil rublos em notas falsas em sociedade com Zifel, a quem denunciou para apoderar-se do dinheiro sozinho.

Contudo, há em *Bobók* um conflito de verdades no qual se chocam essa aristocracia decadente e o remanescente de uma aristocracia que ainda guarda alguns vestígios de princípio e dignidade. É o caso do general Piervoiêdov, que também teve os seus pecadilhos em vida, mas não aceita a máxima do tudo é permitido com que Kliniêvitch e companhia desejam governar o reino dos mortos nas tais novas bases. Mas o general Piervoiêdov está só, seus valores nada signifi-

---

[13] Fiódor Dostoiévski, "A um mestre", em *Obras completas em trinta tomos, op. cit.*, tomo XXI, p. 116.

cam nesse mundo sem valores nem princípios, e por isso ele está irremediavelmente condenado ao silêncio. Por tudo isso, a sociedade tumular em *Bobók* é uma metonímia da sociedade aristocrática russa, através da qual se provoca e experimenta a verdade do universo aristocrático.

A relação entre texto e contexto em *Bobók* manifesta-se ainda no tema da sensualidade, que é bem recorrente em várias obras de Dostoiévski e mereceu o capítulo especial "Os lascivos" em seu último romance *Os irmãos Karamázov*. Quando, em *Bobók*, Kliniêvitch proclama, "Todos nós vamos contar em voz alta as nossas histórias já sem nos envergonharmos de nada. Serei o primeiro de todos a contar a minha história. Eu, sabei, sou dos sensuais", o narrador registra, "Ergueu-se uma berraria demorada e frenética, motim e alarido, e só se ouviam os guinchos impacientes e quase histéricos de Avdótia Ignátievna [...] 'Ah, como eu quero não me envergonhar de nada! [...] apesar de tudo lá eu me envergonhava, mas aqui estou com uma terrível, uma terrível vontade de não me envergonhar de nada!'".

Essa sanha erótica da heroína é a representação ficcional hiberbolizada de uma prática comum na sociedade aristocrática russa, como o registra o próprio Dostoiévski em artigo jornalístico:

> "[...] nas sociedades masculinas, compreendendo as mais altas rodas, até velhotes calvos e cobertos de medalhas [...] depois do jantar e de fartas conversas sobre todos os assuntos importantes, inclusive de matéria de Estado, passam às vezes a tratar em cascata de temas estéticos. Esses temas em cascata, por sua vez, transbordam rapidamente em libertinagem, em obscenidade, em desbocamentos tais que a imaginação popular jamais poderia conceber. Isso acontece com muita frequência entre

todos os matizes desse círculo de pessoas tão situadas acima do povo. Eles gostam justamente das obscenidades e do requinte das obscenidades, e não tanto da palavra indecente quanto da ideia que ela encerra; gostam da vileza da degradação, gostam exatamente do fedor..."[14]

É essa libertinagem praticada nas altas esferas como norma de vida social que esses mortos pretendem prolongar pelos dois ou três meses de vida que lhes restam, porque, ao fim e ao cabo, o túmulo representa alguma coisa.

Já Dostoiévski produziu, metonimicamente, uma representação complexa desse mundo, fazendo imperar no reino dos mortos um clima de absoluta liberdade para que seus representantes se revelassem integralmente e externassem sua última posição "em vida" naqueles dois ou três meses que lhes restavam. Recriou esse mundo a partir da perspectiva de sua finitude, mostrando-o humanamente pobre e desprovido de um sentido duradouro, um mundo sem um projeto maior, restrito a personalidades sem alcance histórico. Parodiou uma literatura erótica de baixa qualidade estética.

Dostoiévski atualiza formas da antiga sátira menipeia, e estas se concretizam na absoluta liberdade de palavra e ação que o autor dá àquelas personagens aristocráticas, usando o método socrático da anácrise como meio de experimentação moral e psicológica e fazendo-as externar suas verdades, tendências e hábitos, sua última posição diante da "vida" e do mundo. E o que se verifica? Elas se revelam capazes apenas de continuar por inércia o modo de vida que na sociedade aristocrática as caracterizava como classe usufruidora; agora, livres das mínimas normas sociais de comportamento que

[14] *Idem, ibidem.*

lhes impunham as "cordas podres", esses aristocratas só são capazes de propor o usufruto da liberdade total. Como antes nunca tiveram um projeto de vida respaldado em princípios e valores, agora não conseguem ir além da proposta de abolir a vergonha e instituir o desnudamento total.

É importante assinalar que a proposta de desnudamento total, mesmo sem ter sido posta em prática no reino dos mortos porque foi interrompida pelo espirro do narrador, efetua de fato o desnudamento da sociedade aristocrática dos vivos. A afirmação do filósofo Platon Nikoláievitch, segundo quem os restos de vida se concentram apenas na consciência e "a vida continua como que por inércia", mostra que a decomposição desses cadáveres aristocratas começara ainda em vida, pois, pelas palavras e atitudes de Kliniêvitch, Lebieziátnikov, Tarassiêvitch e Avdótia Ignátievna, vemos que eles desprezavam a dignidade humana e passavam por cima dos princípios que norteiam uma comunidade humana guiada por um grau minimamente aceitável de civilidade e decência. Como para Dostoiévski o homem decaído que não tenta reabilitar-se perde a própria dignidade, a condição humana e, com esta, a razão de viver, esses mortos aristocratas perderam o sentido da dignidade humana e a razão de viver e, por isso, não passam de cadáveres em decomposição. E uma vez que estão afastados de quaisquer princípios morais e acham desnecessário observá-los ainda que seja por pura hipocrisia, resolvem não mentir e passar o tempo que lhes resta na mais desavergonhada verdade. Por isso receberam com entusiasmo a proposta de todos tirarem a roupa e não se envergonharem de nada. Neste ponto chocam-se duas verdades: a verdade desavergonhada da aristocracia e a verdade do autor, que reage através do narrador: "Não, isso eu não posso admitir... Perversão em um lugar como este, perversão das últimas esperanças... Deram-lhes, presentearam-nos com esses lampejos e...".

As reticências falam por si; é como se o autor dissesse: esses aristocratas ganharam de presente esses últimos lampejos de vida e consciência como uma experimentação e não foram capazes de propor senão o mesmo hedonismo vazio, as mesmas trivialidades que marcaram sua existência enquanto vivos. A única nota destoante desse universo é o general Piervoiêdov, que resiste e protesta, porém seus protestos caem no vazio e só o narrador os ouve. A simbologia do pão que o narrador atira ao chão, dizendo que não é pecado esfarelar pão sobre a terra, é sintomática para qualificar esses aristocratas. Para Bakhtin, esse episódio evoca uma simbólica de tipo carnavalesco e está ligado aos temas da semeadura e da fecundação, isto é, ao tema da perpetuação e renovação permanente do ciclo vital. O resto de sanduíche lá em cima, "coisa boba e inoportuna" pelo lugar em que se encontra, evoca fertilidade, ao passo que os aristocratas lá embaixo evocam apenas esterilidade, a esterilidade de sua classe, cuja vida continua "por inércia", segundo palavras do filósofo tumular Platon Nikoláievitch.

Carentes de um princípio e de valores que lhes justifiquem a existência, desprovidos de iniciativa criadora, esses aristocratas, que são representados por Dostoiévski em crise profunda, só conseguem reproduzir sua rotina social, os mesmos velhos modelos de comportamento que lhes caracterizaram a existência, agora reduzida a dois ou três meses de resto de vida. Que continua por inércia.

Tradução e linguagens

Quando se traduz ficção não se traduz língua, mas aquilo que uma individualidade criadora, o autor, faz dela, isto é, traduz-se linguagem, ou melhor, linguagens, à medida que cada falante é sujeito de seu próprio discurso, tem sua própria dicção, é uma nesga do universo sociocultural e sua linguagem marca sua pertença a certo segmento social e exprime seu grau de escolaridade, seu nível cultural e até sua saúde mental ou a falta dela. Portanto, numa obra de arte literária as modalidades de linguagem variam segundo o número de falantes e suas respectivas peculiaridades, e cada um destes tem seu próprio padrão de linguagem. Cabe um destaque especial para o narrador, que geralmente é alguém que usa o padrão erudito e universal de linguagem, o que "facilita" a vida do tradutor, que domina a norma culta da língua e a emprega em seu ofício tradutório. Mas nem tudo são flores na tradução da linguagem dos narradores, pois há narradores que mesclam mais de um ou vários padrões de linguagem em seu discurso, assim como há narradores que são também protagonistas da obra e a clareza ou obscuridade de sua linguagem depende do seu estado de espírito, de seu equilíbrio ou desequilíbrio, do maior ou menor grau de tensão que experimenta enquanto narra. No caso específico de Dostoiévski, a fluidez ou a sinuosidade do discurso do narrador estão diretamente vinculadas ao clima psicológico da narrativa, ao grau de proximidade ou distância entre narrador e personagens.

Sentir a língua

O russo costuma falar de uma coisa que me agrada muito: *tchuvsto yaziká*, que traduzo ora como *sensibilidade linguística*, ora como *sentir a língua* quando usada nas conversas comuns, ou *sentir a linguagem* quando se trata de literatura. Sentir a língua ou linguagem do outro é sentir o outro, entrar em alguma empatia (ou antipatia) com ele para tentar captar as nuances de sua personalidade. Quando traduzimos literatura entramos em atividade estética porque traduzimos a arte da palavra, e essa palavra é do outro. A tradução é uma compenetração na alma e na linguagem do outro, cujo estado d'alma o tradutor precisa vivenciar, colocando-se no lugar dele para senti-lo até nos mínimos gestos.

Então, sentir a língua de onde se traduz é compenetrar-se totalmente, embeber-se dela, vivenciar sua sonoridade, seu ritmo, pensar com seus múltiplos recursos morfológicos e sintáticos, captar e vivenciar a afetividade e também a hostilidade que emanam das falas das personagens. Em suma, entranhar-se na língua de partida, encarnar-se, "despersonalizar-se" temporariamente nela, diluir-se na dicção dos seus falantes e assumir seu gestual como um ator que representa falas alheias. Mas para que a tradução aconteça, eu como tradutor não posso permanecer em estado de eterna "despersonalização" no outro, preciso sair dessa compenetração para retornar a mim mesmo, como sugere Bakhtin, para me reencarnar em meu discurso na minha língua, em consonância com seus múltiplos valores, para produzir uma tradução em bom português, com as formas de expressão típicas do nosso modo brasileiro de falar e escrever.

Psiquismo e ritmo

A fala de cada indivíduo traduz o ritmo de funcionamento do seu psiquismo, sua fluência ou perturbação manifestam-se em sua sintaxe, ora coerente e harmoniosa, ora incoerente e descontínua, dependendo do estado de saúde mental ou de espírito de cada falante. Ivan Ivánitch, narrador de *Bobók*, acusado de falta de sobriedade e de loucura, passa todo o primeiro segmento da narrativa se debatendo entre essas acusações, procurando exemplos que lhe permitam refutá-las. Mesclando momentos de tranquilidade apenas razoável com um receio que parece congênito ("sou um homem tímido"), articula um discurso alicerçado numa sintaxe descontínua, por vezes atabalhoada e tensa, em um ritmo que traduz o estado do seu psiquismo abalado pelas insinuações de bêbado permanente e louco, de sua psique angustiada.

Bobók é uma narrativa marcada por uma experiência de procedimento de construção das falas das personagens diretamente vinculadas ao seu estado psíquico, procedimento este iniciado na literatura russa por Gógol com Akáki Akákievitch, protagonista de *O capote*, e Poprischin, protagonista e narrador do *Diário de um louco*. Dostoiévski aprofundou e radicalizou tal procedimento com o senhor Golyádkin, personagem central e narrador de *O duplo*, e o manteve no restante de sua obra. No caso de *Bobók* esse procedimento é idêntico. O narrador, autodefinindo-se como "um homem tímido", resiste com certa hesitação às palavras com que o outro o espreita, avalia e julga, e essa hesitação provoca uma tensão na sintaxe, que se reflete nos ziguezagues e na forma sinuosa de sua linguagem, na obnubilação do sentido de algumas de suas frases, nos retardamentos das próprias palavras. Contudo, a penetração por parte do tradutor nesse estado de linguagem não se deu de chofre, logo no início do processo da tradução. Ela ocorreu de forma gradual, no árduo processo de análise, através do qual fui penetrando no âmago do discurso dostoievskiano e perscrutando os seus sentidos, e, à medida que me aprofundava na análise e percebia os sentidos da fala do narrador, compreendia melhor os sentidos do texto e aí introduzia as modificações que o processo de interpretação me impunha. Assim, fui empreendendo uma retradução do texto concomitante ao processo da análise do discurso ali veiculado; essa análise foi me revelando o sentido de algumas passagens para o qual eu não eu havia estado suficientemente atento no início da tradução e que só consegui perceber na articulação às vezes caótica da forma. Isto me levou a cometer alguns "pecadilhos" contra a chamada boa norma da língua, como no emprego contíguo das duas adversativas *mas* e *não obstante* na passagem "*mas, não obstante,* até de louco me fizeram", que obedece rigorosamente ao estado psicológico do narrador-protagonista. Usar aqui o rigor da língua, evitando a dupla adversativa, implicaria não entender o movimento pendular em que se debate o protagonista entre a resistência e a aceitação da palavra qualificativa e judicativa do outro, ou melhor, significaria não entender e anular o processo dialógico. Em sua tradução de *O senhor Prokhartchin* (1846), Boris Schnaiderman observa que os "polimentos de estilo" seriam catastróficos para essa obra das "mais estranhas" de Dostoiévski, e que o embelezamento iria ferir "o conto no que ele tem de mais característico". E acrescenta que "a própria desarticulação da linguagem [...] coincide com a desarticulação do mundo de Prokhartchin",[15] isto é, a forma de ser da personagem está em homologia com a forma de sua manifestação, harmonizando os planos do conteúdo e da expressão. É o que ocorre com o protagonista Ivan Ivánitch em *Bobók*: a articulação sinuosa de sua linguagem está em homologia com o modo sinuoso como ele resiste à palavra do outro. Um dos exemplos disto está ilustrado na passagem em que Ivan Ivánitch reproduz as palavras com que um crítico compara Dostoiévski a um louco, e sai com uma tirada em que se combinam aceitação e resistência: "Vá lá, mas, não obstante, logo assim, tão direto na imprensa?".

Nesta passagem ficam claras as vacilações e evasivas do falante, que se debate entre aceitar o discurso qualificativo do outro e oferecer-lhe algum tipo de resistência. Daí a forma sinuosa da sua fala: primeiro usa o pronome pessoal neutro

---

[15] Boris Schnaiderman, *Dostoiévski: prosa poesia*, São Paulo, Perspectiva, 1982, pp. 58-9.

de terceira pessoa *onó*, dando a ideia de abrangência de toda a qualificação anterior a ele aplicada, e combina esse pronome com a partícula de motivação e estímulo da língua russa *pust*, criando o núcleo oracional sem verbo *Onó pust*, dotado de uma expressiva gama de sentidos, e que traduzimos por *vá lá*, produzindo a impressão de aceitação resignada de toda a afirmação anterior. Mas essa expressão é logo seguida da conjunção adversativa *nô*, que, em si, já quebra a expectativa dessa aceitação resignada; essa adversativa vai combinar-se com a partícula expletiva *viêd* cuja função, aqui, é reforçar a expressividade da enunciação e inserir nela o embrião da ideia de rejeição que se completa com a inserção da partícula de interrogação e modo *kak*, conjugada com a adversativa *jé*, formando a expressão *viêd kak jé*, que traduzimos por *assim*. Segue-se mais uma adversativa, *odnáko*, e desse modo se completa a primeira parte desse labirinto em que se constitui a fala do protagonista: *Onó pust, nô viêd kak jé, odnáko*, onde se combinam um pronome pessoal neutro, uma partícula de motivação e estímulo, uma partícula expletiva e três conjunções adversativas, o que caracteriza o movimento de aceitação e resistência do protagonista à fala do outro, movimento esse traduzido na sinuosidade do seu discurso, que vai desaguar na expressão que simula perplexidade e rejeição: "tão direto na imprensa?".

Em minha primeira tradução a passagem completa saía assim: "Vá lá, mas, como é que pode, ir logo metendo na imprensa?". Não se tratava de tradução mas de interpretação, o que, evidentemente, não é a mesma coisa: mantinha-se o sentido geral, mas se abolia o estado psicológico do protagonista, traduzido na sinuosidade da articulação de sua fala, que não admite amaneiramento. Depois fiz uma segunda tradução: "Vá lá, mas olhe o jeito, e ainda assim tão direto na imprensa?". Esta já estava mais próxima do estado psicológico do protagonista, porém era clara demais para tal estado.

Enquanto eu analisava o texto e tentava várias outras saídas, cheguei a: "Vá lá, mas, não obstante, logo assim, tão direto na imprensa?". Esta me agradou bastante, já não trazia verbo, e acabei optando por ela, porque aí a contiguidade de "não obstante", "logo assim" e "tão direto" me dava uma sensação mais tosca, próxima do real estado psicológico de Ivan Ivánitch.

O ritmo das hesitações do narrador no primeiro segmente da narrativa ditou o processo de recriação de sua linguagem tensa. Mas no diálogo dos mortos não há mais tensão, os discursos ali proferidos, exceção feita apenas à fala do general Piervoiêdov, são discursos de "pessoas" livres das amarras da vida terrestre; não há mais *uma linguagem*, como no primeiro segmento da narrativa, mas *linguagens* — falas que caracterizam a condição social, cultural e sexual de cada ex-vivo.

Em qualquer tradução é essencial que o tradutor penetre nos subterrâneos da linguagem; no caso específico de Dostoiévski, é imprescindível que procure, como já escrevi, sentir a língua, cada palavra, auscultar as nuances de cada voz que participa do processo dialógico. São coisas muito difíceis, mas um longo convívio com a língua — e, especialmente, com a linguagem de um autor da complexidade de Dostoiévski — permite ao tradutor uma familiarização crescente com sua riqueza e abre caminho para que ele perceba o tratamento que essa riqueza recebe nele, Dostoiévski, e em outros autores. Dostoiévski é um mestre insuperável no emprego de partículas da língua russa, que aparentemente não dizem nada mas que, sob sua batuta, revivificam sentidos que pareciam adormecidos nos subterrâneos da língua. O emprego de tais partículas muitas vezes cria a impressão de algo mal escrito, de displicência do autor, e pode desorientar sobremaneira o tradutor. Daí a importância de senti-las, interpretá-las, pois só assim poderá atinar com a finalidade do escritor ao empregá-las. Foi o que tentei fazer com a presente tradução de *Bobók*.

A tradução é um processo contínuo que parece terminar quando o tradutor põe ponto final em seu trabalho, mas que retorna sempre que ele o relê, pois o distanciamento entre o ato da tradução e o ato de sua leitura já em livro pelo próprio tradutor desperta aspectos da sua sensibilidade que pareciam adormecidos durante a tradução. Além do mais, assim como o autor, também o tradutor visa a um leitor, cuja sensibilidade e experiência são fundamentais para a recepção da tradução e seu posterior aperfeiçoamento, o que nos sugere a ideia de que o texto traduzido é um texto inacabado, aberto a modificações. A tradução de ficção é uma produção poética, cujo resultado final é a reprodução da obra em sua unidade aberta que, por ser uma unidade poética, como afirma Meschonnic, "é da ordem do contínuo pelo ritmo e pela prosódia".[16]

Daí a importância de se considerar a tradução como um processo e a obra traduzida como uma obra aberta.

---

[16] Henri Meschonnic, *Poética do traduzir*, tradução de Jerusa Pires Ferreira e Suely Fenerich, São Paulo, Perspectiva, 2010, p. xxxi.

SOBRE *BOBÓK*

Mikhail Bakhtin[1]

É pouco provável que erremos se dissermos que *Bobók* é, por sua profundidade e ousadia, uma das mais grandiosas menipeias em toda a literatura universal. Mas aqui não nos deteremos na profundidade do seu conteúdo, pois estamos interessados nas particularidades do gênero dessa obra.

São característicos, acima de tudo, a imagem do narrador e o *tom* da sua narração. O narrador — "uma certa pessoa"[2] — encontra-se no *limiar* da loucura (distúrbio mental). Afora isso, porém, ele *não é um homem como todos*, isto é, que se desviou da norma geral, do curso normal da vida, ou melhor, temos diante de nós uma nova variedade do "homem do subsolo". Seu tom é vacilante, ambíguo, com ambivalência abafada e elementos de bufonaria satânica (como nos diabos dos mistérios). Apesar da forma exterior das frases "truncadas" curtas e categóricas, ele oculta sua última palavra, esquiva-se dela. Ele mesmo cita a caracterização do seu estilo, feita por um amigo:

---

[1] Texto extraído de *Problemas da poética de Dostoiévski*, tradução de Paulo Bezerra, Rio de Janeiro, Forense Universitária/GEN, 2010, 5ª edição revista, pp. 157-69. (N. do T.)

[2] No *Diário de um escritor*, de Dostoiévski, ele aparece mais uma vez em "Meia carta de 'uma certa pessoa'".

"Teu estilo, diz ele, está mudando, está truncado. Truncas, truncas, e sai uma oração intercalada, após a intercalada vem outra intercalada, depois mais alguma coisa entre parênteses, e depois tornas a truncar, a truncar..."

Seu discurso é interiormente dialogado e todo impregnado de polêmica. A narração começa diretamente com uma polêmica com um tal de Semión Ardaliônovitch, que o acusa de embriaguez. Ele polemiza com redatores que não editam as suas obras (ele é um escritor não reconhecido), com o público contemporâneo, é incapaz de entender o humor, polemiza essencialmente com todos os seus contemporâneos. Em seguida, quando se desenvolve a ação principal, polemiza indignado com os "mortos contemporâneos". São esses o estilo literário e o tom do conto, dialogados e ambíguos, típicos da menipeia.

No início do conto há um juízo sobre um tema típico da menipeia carnavalizada, isto é, o juízo acerca da relatividade e da ambivalência da razão e da loucura, da inteligência e da tolice. Em seguida, vem a descrição de um cemitério e de cerimônias fúnebres.

Toda essa descrição está impregnada de uma atitude *familiar* e *profana* em face do cemitério, das cerimônias fúnebres, do clero necropolense, dos mortos e do próprio "mistério da morte". Toda a descrição se estrutura sobre combinações de oxímoros e *mésalliances* carnavalescas, é impregnada de *descidas* e *aterrissagens*, de *simbólica* carnavalesca e, ao mesmo tempo, de um naturalismo grosseiro.

Eis alguns trechos típicos:

"Saí para *me divertir*, acabei num *enterro* [...]
Faz uns vinte e cinco anos, acho, que eu não vou a um cemitério; só me faltava um lugarzinho assim!

Em primeiro lugar, o espírito. Com uns quinze mortos fui logo dando de cara. Mortalhas de todos os preços; havia até dois carros funerários: o de um general e outro de alguma grã-fina. Muitas caras tristes, e também muita dor fingida, e muita alegria franca. O pároco não pode se queixar: são rendas. Mas espírito é espírito... Eu não queria ser o pároco daqui.

Olho para as caras dos mortos com cautela, desconfiado da minha impressionabilidade. Há expressões amenas, como há desagradáveis. Os *sorrisos* são geralmente maus, uns até muito [...]

[...] Enquanto transcorria a *missa*, saí para dar uma voltinha *além dos portões*. Fui logo encontrando um hospício, e um pouco adiante um *restaurante*. E um restaurantezinho mais ou menos: tinha de tudo e até salgadinhos. Havia muita gente, inclusive *acompanhantes do enterro*. Notei muita *alegria e animação sincera. Comi uns salgadinhos e tomei um trago*."

Grifamos os matizes mais acentuados da familiarização e da profanação, das combinações de oxímoros, das *mésalliances*, aterrissagens, do naturalismo e da simbólica. Vemos que o texto está saturadíssimo desses elementos, temos diante de nós um protótipo bastante condensado de estilo da menipeia carnavalizada. Lembremos o valor simbólico da combinação ambivalente: morte, riso (neste caso, alegria), banquete (aqui "comi uns salgadinhos e tomei um trago").

Segue-se uma divagação breve e vacilante do narrador, que, sentado sobre a lápide, reflete acerca do tema do *espanto* e do respeito, aos quais os contemporâneos renunciaram. Essa consideração é importante para compreender a concepção do autor. Em seguida, vem um detalhe simultaneamente naturalista e simbólico:

> "Sobre uma *lápide*, ao meu lado, havia um *resto de sanduíche*: coisa tola e *inoportuna*. Derrubei-o sobre a terra, pois não era pão mas apenas *sanduíche*. Aliás, parece que não é pecado esfarelar pão sobre a *terra*; sobre o assoalho é que é pecado. Procurar informações no almanaque de Suvórin."

O detalhe estritamente naturalista e profânico — um resto de sanduíche sobre a lápide — dá motivo para evocar a simbólica de tipo carnavalesco: permite-se esfarelar pão sobre a terra — trata-se de semeadura, de fecundação —, mas não se permite sobre o assoalho — seio estéril.

Segue-se o desenvolvimento do enredo fantástico, que cria uma *anácrise* de uma expressividade excepcional (Dostoiévski é um grande mestre da anácrise). O narrador ouve a conversa dos mortos que estão debaixo do chão. Ocorre que as suas vidas ainda continuam por algum tempo nos túmulos. O falecido filósofo Platon Nikoláievitch (alusão ao "diálogo socrático") dá ao fenômeno a seguinte explicação:

> "Ele [Platon Nikoláievitch] explica tudo isso com o fato mais simples, ou seja, dizendo que lá em cima, quando ainda estávamos vivos, julgávamos erroneamente a morte como morte. É como se aqui o corpo se reanimasse, os restos de vida se concentram, *mas apenas na consciência*... Isto não tenho como lhe expressar — é a vida que continua como que por inércia. Tudo concentrado, segundo ele, em algum ponto da consciência, e ainda dura de dois a três meses... às vezes até meio ano... Há, por exemplo, um fulano que aqui quase já se decompôs

inteiramente, mas faz umas seis semanas que de vez em quando ainda balbucia de repente uma palavrinha, claro que sem sentido, sobre um tal *bobók*: '*Bobók, bobók*'; logo, até nele ainda persiste uma centelha invisível de vida..."

Cria-se, com isso, uma situação excepcional: a última vida da consciência (dois ou três meses até o sono completo), liberta de todas as condições, situações, obrigações e leis da vida comum é, por assim dizer, uma *vida fora da vida*. Como será aproveitada pelos "mortos contemporâneos"? A anácrise, que provoca a consciência dos mortos, manifesta-se com *liberdade absoluta*, não restrita a nada. E eles se revelam.

Descortina-se o típico inferno carnavalizado das menipeias: uma multidão bastante variegada de mortos, que não conseguem libertar-se imediatamente das suas posições hierárquicas e relações terrenas, conflitos cômicos que surgem nessa base, blasfêmias e escândalos. Do outro lado, as liberdades de tipo carnavalesco, a consciência da total irresponsabilidade, o sincero erotismo sepulcral, o riso nos túmulos ("com uma *gargalhada* agradável, começou a agitar-se o *cadáver* do general") etc. O acentuado tom carnavalesco dessa paradoxal "vida fora da vida" é dado desde o início pelo jogo de cartas no túmulo sobre o qual está sentado o narrador (evidentemente, é um jogo no vazio, "de memória"). Tudo isso são traços típicos do gênero.

O "rei" desse carnaval dos mortos é um "pulha da pseudo-alta sociedade" (como ele mesmo se autocaracteriza), o barão Kliniêvitch. Citemos as suas palavras, que enfocam a anácrise e o seu emprego. Fugindo às interpretações morais do filósofo Platon Nikoláievitch (expostas por Lebieziátnikov), ele declara:

"Basta, e estou certo de que todo o resto é absurdo. O importante é que há dois ou três meses de vida e, ao fim de tudo, *bobók*. Sugiro que todos passemos esses dois meses da maneira mais agradável possível, e para tanto todos nos organizemos em outras bases. *Senhores!, proponho que não nos envergonhemos de nada!*"

Encontrando apoio geral dos mortos, ele aprofunda mais a sua ideia:

"Mas por enquanto *eu quero que não se minta*. É só o que eu quero, porque isto é o essencial. *Na Terra é impossível viver* e não mentir, pois vida e mentira são sinônimos; mas, *com o intuito de rir*, aqui não vamos mentir. Aos diabos, ora, pois o *túmulo* significa alguma coisa! *Todos nós vamos contar em voz alta as nossas histórias já sem nos envergonharmos de nada*. Serei o primeiro de todos a contar a minha história. Eu, sabei, sou dos sensuais. *Lá em cima tudo isso estava preso por cordas podres*. Abaixo as cordas, e vivamos esses dois meses na mais *desavergonhada verdade! Tiremos a roupa, dispamo-nos!*
— Dispamo-nos, dispamo-nos! — gritaram em coro."

O diálogo dos mortos foi inesperadamente interrompido à maneira carnavalesca:

"E eis que de repente *espirrei*. Aconteceu de forma súbita e involuntária, mas o efeito foi surpreendente: tudo ficou em silêncio, *exatamente co-*

mo no cemitério, desapareceu como um sonho. Fez-se um silêncio verdadeiramente sepulcral."

Citaremos mais uma apreciação conclusiva do narrador, interessante pelo tom:

> "Não, isso eu não posso admitir; não, efetivamente não! O *bobók* não me perturba (vejam em que acabou dando esse tal *bobók*!).
> Perversão em um lugar como este, perversão das últimas esperanças, perversão de cadáveres flácidos e em decomposição, sem poupar sequer *os últimos lampejos de consciência*! Deram-lhes, presentearam-nos com esses lampejos e... E o mais grave, o mais grave: num lugar como este! Não, isto eu não posso admitir..."

Aqui irrompem no discurso do narrador palavras e entonações quase genuínas de outra voz inteiramente diferente, ou seja, da voz do autor, irrompem mas no mesmo instante interrompem-se na expressão reticente "e...".

O conto tem um final jornalístico-folhetinístico:

> "Vou levar ao *Grajdanin*; lá também reproduziram o retrato de um redator-chefe. Pode ser que publiquem."

É essa a menipeia quase clássica de Dostoiévski. Aqui o gênero se mantém com uma integridade surpreendentemente profunda. Pode-se até dizer, nesse caso, que o gênero da menipeia revela as suas melhores potencialidades, realiza as suas possibilidades máximas. O que isso menos representa é, evidentemente, a *estilização* de um gênero morto. Ao contrário, nessa obra de Dostoiévski o gênero da menipeia continua a *viver* sua plena vida de gênero, pois o viver do gênero consiste em renascer e renovar-se permanentemente em obras *originais*. Evidentemente, o *Bobók* de Dostoiévski é profundamente original. Dostoiévski tampouco escreveu paródias do gênero, ele o empregou com função direta. Cabe observar, entretanto, que a menipeia — inclusive a antiquíssima e a antiga — sempre parodia a si mesma. Essa paródia é um traço do gênero da menipeia. O elemento da autoparódia constitui uma das causas da excepcional vitalidade desse gênero.

Aqui devemos abordar a questão das possíveis fontes do gênero em Dostoiévski. A essência de cada gênero realiza-se e revela-se em toda a sua plenitude apenas naquelas suas diversas variações que se formam no processo de evolução histórica de um dado gênero. Quanto mais pleno for o acesso do artista a todas essas variações, tanto mais rico e flexível será o domínio que ele manterá sobre a linguagem de um dado gênero (pois a linguagem de um gênero é concreta e histórica).

Dostoiévski tinha uma compreensão muito precisa e aguda de todas as possibilidades do gênero da menipeia, era dotado de um senso excepcionalmente profundo e diversificado desse gênero. Examinar todos os possíveis contatos do escritor com as diversas variedades de menipeia seria muito importante, quer para uma compreensão mais profunda das peculiaridades de gênero de sua obra, quer para uma concepção mais completa da evolução da tradição do gênero propriamente dito que o antecedeu.

É através da literatura cristã antiga (isto é, através do *Evangelho*, do *Apocalipse*, das *Vidas dos santos* e outras) que Dostoiévski está vinculado da maneira mais direta e estreita às modalidades da menipeia antiga. Ele, porém, conheceu indiscutivelmente os protótipos clássicos da menipeia antiga. É bastante provável que tenha conhecido as menipeias de Luciano, *Menipo ou da necromancia* ou os *Diálogos dos mortos* (grupo de pequenas sátiras dialogadas). Nessas obras, aparecem diversos tipos de *comportamento dos mortos* no reino de além-túmulo, ou seja, no inferno carnavalizado. É necessário dizer que Luciano — o Voltaire da Antiguidade — foi amplamente conhecido na Rússia a partir do século XVIII[3] e suscitou inúmeras imitações, tendo a situação-gênero do "encontro no mundo de além-túmulo" se convertido numa constante na literatura e até em exercícios escolares.

É provável que Dostoiévski conhecesse também a menipeia de Sêneca, *Apocoloquintose...*, pois encontramos nele três momentos consonantes com essa sátira: 1) é possível que a "alegria sincera" dos acompanhantes do enterro em Dostoiévski tenha sido inspirada por um episódio de Sêneca: ao passar pela Terra em voo do Olimpo para o inferno, Cláudio encontra na Terra seus próprios funerais e se convence de que todos os acompanhantes do enterro estão muito alegres (à exceção dos chicaneiros); 2) o jogo de cartas no vazio, "de memória" talvez esteja inspirado no jogo de dados de Cláudio no inferno, este também no vazio (os dados rolam antes de serem lançados); 3) a descoroação naturalista da morte em Dostoiévski lembra a representação naturalista ainda mais grosseira da morte de Cláudio, que morre (entrega a alma) no momento em que está evacuando.[4]

---

[3] No século XVIII, "Diálogos no reino dos mortos" foram escritos por Aleksandr Sumarókov (1717-1777) e até por Aleksandr V. Suvórov (1729-1800), futuro chefe militar (veja-se o seu *Diálogo no reino dos mortos entre Alexandre, o Grande, e Heróstrato*, 1755).

[4] É bem verdade que comparações dessa natureza não podem ter força demonstrativa decisiva. Todos esses momentos semelhantes podem ter sido gerados também pela lógica do próprio gênero, particularmente a lógica das descoroações, descidas e *mésalliances* carnavalescas.

Não resta dúvida de que Dostoiévski conhecia mais ou menos de perto outras obras antigas desse gênero, como *Satiricon, O asno de ouro* e outros.[5]

Podem ter sido inúmeras e heterogêneas as fontes europeias do gênero em Dostoiévski, as quais lhe revelaram a riqueza e a diversidade da menipeia. Ele conhecia, provavelmente, a menipeia polêmico-literária de Boileau, *Dialogue sur les héros des romans*, como talvez conhecesse a sátira polêmico-literária de Goethe, *Deuses, heróis e Wieland*. Conhecia, tudo indica, os "diálogos dos mortos" de Fénelon e Fontenelle (Dostoiévski foi um excelente conhecedor de literatura francesa). Todas essas sátiras estão relacionadas com a representação do reino de além-túmulo, e todas conservam exteriormente a forma antiga (predominantemente a luciânica) desse gênero.

Para compreender as tradições do gênero em Dostoiévski, são essencialmente importantes as menipeias de Diderot, livres pela forma externa, porém típicas pela essência do gênero. Mas o tom e o estilo da narração em Diderot (às vezes no espírito da literatura erótica do século XVIII) diferem de Dostoiévski, evidentemente. Em *O sobrinho de Rameau* (em essência, também uma menipeia, mas sem o elemento fantástico), o motivo das confissões extremamente francas, sem qualquer indício de arrependimento, está em consonância com *Bobók*. A própria imagem do sobrinho de Rameau, um "tipo francamente feroz" que, a exemplo de

---

[5] Não está excluída, embora seja duvidosa, a possibilidade de ter Dostoiévski conhecido as sátiras de Marcus Terentius Varro (116-27 a.C.). Uma edição científica completa dos fragmentos de Varro foi editada em 1865 (*Riese, Varronis Saturarum Menippearum Reliquiae*, Leipzig, 1865). O livro suscitou interesse não apenas nos círculos estritamente filológicos e Dostoiévski pode tê-lo conhecido indiretamente durante sua estada no estrangeiro ou, talvez, através de filólogos russos conhecidos.

Kliniêvitch, considera a moral vigente "cordas podres" e só reconhece a "verdade desavergonhada", é consonante à imagem de Kliniêvitch.

Dostoiévski conheceu outra variedade de menipeia livre através dos *Contos filosóficos* de Voltaire. Esse tipo de menipeia foi muito próximo de alguns aspectos da obra dostoievskiana (Dostoiévski chegou inclusive a esboçar a ideia de escrever um *Cândido russo*).

Cabe mencionar a enorme importância que tinha para Dostoiévski a *cultura dialógica* de Voltaire e Diderot, que remonta ao "diálogo socrático", à menipeia antiga e, em parte, às diatribes e ao solilóquio.

Outro tipo de menipeia livre, com elemento fantástico e fabular, esteve representado na obra de Hoffmann, autor que influenciou consideravelmente o Dostoiévski jovem. Chamaram a atenção de Dostoiévski os contos de Edgar Allan Poe, que, pela essência, se aproximam da menipeia. Em sua observação, "Três contos de Edgar Poe", Dostoiévski frisou com muita precisão as particularidades desse escritor muito afins às suas: "Ele toma quase sempre a realidade mais excepcional, *coloca seu herói na mais excepcional situação externa ou psicológica*; e que forte perspicácia, que impressionante fidelidade usa para narrar o estado de espírito dessa pessoa!".[6]

É verdade que nessa definição está lançado apenas um momento da menipeia, ou seja, a criação de uma excepcional situação de enredo, isto é, da anácrise provocante, e foi precisamente esse momento que Dostoiévski apresentou permanentemente como o principal traço característico do seu próprio método criativo.

---

[6] Fiódor Dostoiévski, *Obras completas*, organização de B. Tomachevski e K. Khalabáiev, tomo XIII, Moscou/Leningrado, Ed. Goslitzdat, 1930, p. 523.

Nosso levantamento (nem de longe completo) das fontes do gênero em Dostoiévski mostra que ele conheceu ou pode ter conhecido diversas variações da menipeia, gênero muito plástico, rico em possibilidades, excepcionalmente adaptado para penetrar nas "profundezas da alma humana" e para uma colocação arguta e clara dos "últimos problemas".

O conto *Bobók* pode servir de base para mostrar o quanto a essência do gênero da menipeia corresponde a todas as aspirações criativas de Dostoiévski. Quanto ao gênero, esse conto é uma das maiores obras-chave do acervo dostoievskiano.

Prestemos atenção, antes de tudo, ao seguinte. O pequeno conto *Bobók* — um dos enredos de conto mais breves de Dostoiévski — é quase um microcosmo de toda a sua obra. Muitas ideias, temas e imagens de sua obra, todos sumamente importantes, manifestam-se aqui em forma extremamente arguta e clara: a ideia de que não existindo Deus nem a imortalidade da alma "tudo é permitido" (um dos principais modelos de ideia em toda a sua obra); o tema, vinculado a essa ideia, da confissão sem arrependimento e da "verdade desavergonhada", presente em toda a obra de Dostoiévski, a começar por *Memórias do subsolo*; o tema dos últimos lampejos de consciência (relacionado, em outras obras, aos temas da pena de morte e do suicídio); o tema da consciência, situada à beira da loucura; o tema da voluptuosidade, que penetrou nas esferas superiores da consciência e das ideias; o tema da absoluta "inconveniência" e da "fealdade" da vida desvinculada das raízes populares e da fé popular etc. Todos esses temas e ideias foram inseridos, em forma condensada e clara, nos limites, pareceria, estreitos daquele conto.

As próprias imagens determinantes do conto (poucas, diga-se de passagem) estão em consonância com outras imagens dostoievskianas: em forma simplisticamente aguçada,

Kliniêvitch repete o príncipe Valkóvski, Svidrigáilov e Fiódor Pávlovitch.[7] O narrador ("uma certa pessoa") é uma variante do "homem do subsolo". Em certo sentido, conhecemos o general Piervoiêdov,[8] o velho dignatário voluptuoso, que esbanjou uma imensa quantia de dinheiro público destinado às "viúvas e aos órfãos", o bajulador Lebieziátnikov e o engenheiro progressista, que deseja "organizar a vida daqui em bases racionais".

Entre os mortos ocupa posição especial o "homem simples" (o vendeiro abstrato). Ele é o único que manteve ligação com o povo e sua fé, por isso comporta-se com decência no túmulo, aceita a morte como um mistério, o que ocorre ao redor (entre mortos depravados) interpreta como "peregrinação da alma por entre tormentos", aguarda ansiosamente sua "missa de trinta dias" ("Seria bom que a nossa missa de trinta dias viesse o mais rápido: ouvir vozes chorosas, o pranto da mulher e o choro baixinho dos filhos!..."). A boa aparência e o estilo venerabundo do discurso desse homem simples, contrapostos à inconveniência e ao cinismo familiar de todos os outros (tanto dos vivos quanto dos mortos), antecipam parcialmente a futura imagem do peregrino Makar Dolgorúki,[9] embora aqui, nas condições da

---

[7] Personagens dos romances *Humilhados e ofendidos*, *Crime e castigo* e *Os irmãos Karamázov*, respectivamente. (N. do T.)

[8] O general Piervoiêdov nem no túmulo pode renunciar à consciência de sua dignidade de general, e é em nome dessa dignidade que protesta categoricamente diante da proposta de Kliniêvitch ("não se envergonhar de nada"), declarando: "Eu servi ao meu soberano". Em *Os demônios* há uma situação análoga, mas no plano terreno real: o general Drozdov, encontrando-se entre niilistas, para quem a simples palavra "general" é um epíteto injurioso, defende sua dignidade de general com as mesmas palavras. Ambos os episódios são tratados num plano cômico.

[9] Makar é o pai de Arkadi Dolgorúki, protagonista do romance *O adolescente*. (N. do T.)

menipeia, a "boa aparência" do homem simples seja apresentada com um leve matiz de comicidade e de uma certa inconveniência.

Além disso, o inferno carnavalizado de *Bobók* está *internamente* em profunda consonância com as cenas de escândalos e catástrofes, tão essencialmente importantes em todas as obras de Dostoiévski. Essas cenas, que ocorrem habitualmente nos salões, são, evidentemente, bem mais complexas, policrômicas e completas que os contrastes carnavalescos, as marcantes *mésalliances*, as excentricidades e as essenciais coroações-destronamentos, mas têm uma essência interna análoga: rompem-se (ou pelo menos se debilitam por um instante) as "cordas podres" da mentira oficial e individual e revelam-se as almas humanas, horríveis como no inferno ou, ao contrário, radiantes e puras. Por um instante as pessoas se veem fora das condições habituais de vida, como na praça pública carnavalesca ou no inferno, e então se revela um outro sentido — mais autêntico — delas mesmas e das relações entre elas.

Assim ocorre, por exemplo, com a famosa cena do dia do santo de Nastácia Filíppovna (em *O idiota*). Aqui também há consonância externa com *Bobók*: Ferdischenko (um pequeno diabinho misterioso) sugere a Nastácia Filíppovna um *petit jeu*: cada um deve contar o ato mais vil de toda a sua vida (compare-se a proposta de Kliniêvitch: "Todos nós vamos contar em voz alta as nossas histórias já sem nos envergonharmos de nada"). É verdade que as histórias contadas não justificaram as expectativas de Ferdischenko, mas esse *petit jeu* contribuiu para a preparação daquele clima carnavalesco de rua no qual ocorrem bruscas mudanças carnavalescas dos destinos e da personalidade das pessoas, desmascaram-se os cálculos cínicos e soa como na praça pública carnavalesca a fala familiar destronante de Nastácia Filíppovna. Aqui, evidentemente, não enfocaremos o profundo sentido psicológico-moral e social dessa cena, já que estamos interessados no seu aspecto de gênero propriamente, naqueles *módulos maiores carnavalescos* que soam em quase todas as imagens e palavras (a despeito de todo o caráter realista e motivado delas) e naquele segundo plano da praça carnavalesca (e do inferno carnavalizado) que parece transparecer por entre o tecido real dessa cena.

Mencionaremos ainda uma cena acentuadamente carnavalesca de escândalos e destronamentos nas exéquias de Marmieládov (em *Crime e castigo*), ou a cena ainda mais complexificada no salão mundano de Varvara Pietrovna Stavróguina, em *Os demônios*, com a participação da louca "coxa", com o discurso do seu irmão, capitão Lebiádkin, com o primeiro aparecimento do "demônio" Piotr Vierkhoviénski, com a exaltada excentricidade de Varvara Pietrovna, o desmascaramento e a expulsão de Stiepan Trofímovitch, a histeria e o desmaio de Liza, o soco de Chátov em Stavróguin etc. Tudo aqui é inesperado, inoportuno, incompatível e inadmissível no curso comum, "normal" da vida. É absolutamente impossível imaginar semelhante cena, por exemplo, num romance de Tolstói ou Turguêniev. Isso não é um salão mundano, mas uma praça pública com toda a lógica específica da vida carnavalesca de rua. Lembremos, por último, a cena excepcionalmente clara pelo colorido menipeico-carnavalesco do escândalo na cela do *stárietz* Zossima (em *Os irmãos Karamázov*).

Essas cenas de escândalos — e elas ocupam lugar muito importante nas obras de Dostoiévski — foram quase sempre comentadas negativamente pelos contemporâneos,[10] o que continua acontecendo até hoje. Elas eram e continuam sendo

---

[10] Inclusive por contemporâneos competentes e benévolos como o poeta Apollon Nikoláievitch Máikov (1821-1897).

concebidas como inverossímeis em termos reais e artisticamente injustificadas. Foram frequentemente atribuídas ao apego do autor a uma falsa eficácia puramente externa. Em realidade, porém, essas cenas estão no espírito e no estilo de toda a obra de Dostoiévski. E são profundamente orgânicas, nada têm de inventado: são determinadas no todo e *em cada detalhe* pela lógica artística coerente das ações e categorias carnavalescas que anteriormente caracterizamos e que séculos a fio absorveram a linha carnavalesca da prosa literária. Elas se baseiam numa profunda cosmovisão carnavalesca, que assimila e reúne tudo o que nessas cenas parece absurdo e surpreendente, criando para elas uma verdade artística.

Graças ao seu enredo *fantástico*, *Bobók* apresenta essa lógica carnavalesca numa forma um tanto simplificada (exigência do gênero), mas acentuada e manifesta, podendo, por isso, servir como espécie de comentário a fenômenos mais complexos, porém análogos, da obra de Dostoiévski.

No conto *Bobók*, como num foco, estão reunidos raios que se fazem presentes na obra anterior e posterior de Dostoiévski. *Bobók* pôde tornar-se esse foco justamente porque se trata de uma menipeia. Todos os elementos da obra dostoievskiana aqui são percebidos em sua veia espontânea. Como vimos, os limites estreitos desse conto resultaram muito abrangentes.

Lembremos que a menipeia é o *gênero universal das últimas questões*. Nela a ação não ocorre, apenas, "aqui" e "agora", mas em todo o mundo e na eternidade: na Terra, no inferno e no céu. Em Dostoiévski, a menipeia se aproxima do mistério, pois este nada mais é que uma variante dramática medieval modificada da menipeia. Em Dostoiévski, os participantes da ação se encontram *no limiar* (no limiar da vida e da morte, da mentira e da verdade, da razão e da loucura). E aqui eles são apresentados como *vozes* que ecoam, que se manifestam "diante da Terra e do céu". Aqui também a ideia central da imagem é oriunda do mistério (é verdade que no espírito dos mistérios eleusínicos): os "mortos atuais" são grãos estéreis lançados na terra mas incapazes de morrer (ou seja, de livrar a si mesmos de suas próprias impurezas, de colocar-se acima de si mesmos) ou de renascer renovados (ou seja, dar fruto).

SOBRE OS DESENHOS DE GOELDI

capa: *Última discussão*, s.d., bico de pena e nanquim s/ papel, 23,2 x 32,3 cm, coleção Afonso Henrique Costa.

p. 13: *Sem título*, s.d., bico de pena e nanquim s/ papel, 30 x 23,5 cm, coleção Frederico Mendes de Moraes.

p. 19: *Grã-finos*, s.d., bico de pena e nanquim s/ papel, 31 x 21,7 cm, coleção Afonso Henrique Costa.

p. 25: *Morte*, s.d., bico de pena e nanquim s/ papel, 21,6 x 28,6 cm, coleção particular.

p. 27: *Vento macabro*, s.d., bico de pena e nanquim s/ papel, 25,2 x 34 cm, Museu de Arte Moderna do Rio de Janeiro.

p. 29: *Fotógrafo macabro*, 1947, bico de pena e nanquim s/ papel, 29,4 x 24 cm, coleção particular.

p. 33: *Casal*, s.d., bico de pena e nanquim s/ papel, 26,8 x 21,2 cm, coleção particular.

p. 35: *Morte*, s.d., nanquim s/ papel, 21,5 x 26,5 cm, coleção Afonso Henrique Costa.

p. 39: *Destino*, s.d., bico de pena e nanquim s/ papel, 32,5 x 21,8 cm, coleção Afonso Henrique Costa.

Autorizada a reprodução pela Associação Artística Cultural Oswaldo Goeldi - www.oswaldogoeldi.com.br.

SOBRE O AUTOR

Fiódor Mikháilovitch Dostoiévski nasceu em Moscou a 30 de outubro de 1821, num hospital para indigentes onde seu pai trabalhava como médico. Em 1838, um ano depois da morte da mãe por tuberculose, ingressa na Escola de Engenharia Militar de São Petersburgo. Ali aprofunda seu conhecimento das literaturas russa, francesa e outras. No ano seguinte, o pai é assassinado pelos servos de sua pequena propriedade rural.

Só e sem recursos, em 1844 Dostoiévski decide dar livre curso à sua vocação de escritor: abandona a carreira militar e escreve seu primeiro romance, *Gente pobre*, publicado dois anos mais tarde, com calorosa recepção da crítica. Passa a frequentar círculos revolucionários de Petersburgo e em 1849 é preso e condenado à morte. No derradeiro minuto, tem a pena comutada para quatro anos de trabalhos forçados, seguidos por prestação de serviços como soldado na Sibéria — experiência que será retratada em *Escritos da casa morta*, livro que começou a ser publicado em 1860, um ano antes de *Humilhados e ofendidos*.

Em 1857 casa-se com Maria Dmitrievna e, três anos depois, volta a Petersburgo, onde funda, com o irmão Mikhail, a revista literária *O Tempo*, fechada pela censura em 1863. Em 1864 lança outra revista, *A Época*, onde imprime a primeira parte de *Memórias do subsolo*. Nesse ano, perde a mulher e o irmão. Em 1866, publica *Crime e castigo* e conhece Anna Grigórievna, estenógrafa que o ajuda a terminar o livro *Um jogador*, e será sua companheira até o fim da vida. Em 1867, o casal, acossado por dívidas, embarca para a Europa, fugindo dos credores. Nesse período, ele escreve *O idiota* (1869) e *O eterno marido* (1870). De volta a Petersburgo, publica *Os demônios* (1872), *O adolescente* (1875) e inicia a edição do *Diário de um escritor* (1873-1881).

Em 1878, após a morte do filho Aleksiêi, de três anos, começa a escrever *Os irmãos Karamázov*, que será publicado em fins de 1880. Reconhecido pela crítica e por milhares de leitores como um dos maiores autores russos de todos os tempos, Dostoiévski morre em 28 de janeiro de 1881, deixando vários projetos inconclusos, entre eles a continuação de *Os irmãos Karamázov*, talvez sua obra mais ambiciosa.

SOBRE O TRADUTOR

Paulo Bezerra estudou língua e literatura russa na Universidade Lomonóssov, em Moscou, especializando-se em tradução de obras técnico-científicas e literárias. Após retornar ao Brasil em 1971, fez graduação em Letras na Universidade Gama Filho, no Rio de Janeiro; mestrado (com a dissertação "Carnavalização e história em *Incidente em Antares*") e doutorado (com a tese "A gênese do romance na teoria de Mikhail Bakhtin", sob orientação de Afonso Romano de Sant'Anna) na PUC-RJ; e defendeu tese de livre-docência na FFLCH-USP, "*Bobók*: polêmica e dialogismo", para a qual traduziu e analisou esse conto e sua interação temática com várias obras do universo dostoievskiano. Foi professor de teoria da literatura na Universidade do Estado do Rio de Janeiro, de língua e literatura russa na USP e, posteriormente, de literatura brasileira na Universidade Federal Fluminense, pela qual se aposentou. Recontratado pela UFF, é hoje professor de teoria literária nessa instituição. Exerce também atividade de crítica, tendo publicado diversos artigos em coletâneas, jornais e revistas, sobre literatura e cultura russas, literatura brasileira e ciências sociais.

Na atividade de tradutor, já verteu do russo mais de quarenta obras nos campos da filosofia, da psicologia, da teoria literária e da ficção, destacando-se: *Fundamentos lógicos da ciência* e *A dialética como lógica e teoria do conhecimento*, de P. V. Kopnin; *A filosofia americana no século XX*, de A. S. Bogomólov; *Curso de psicologia geral* (4 volumes), de R. Luria; *Problemas da poética de Dostoiévski*, *O freudismo*, *Estética da criação verbal*, *Os gêneros do discurso*, *Notas sobre literatura, cultura e ciências humanas*, *Teoria do romance I: A estilística*, *Teoria do romance II: As formas do tempo e do cronotopo*, *Teoria do romance III: O romance como gênero literário* e *O autor e a personagem na atividade estética*, de M. Bakhtin; *A poética do mito*, de E. Melietinski; *As raízes históricas do conto maravilhoso*, de V. Propp; *Psicologia da arte*, *A tragédia de Hamlet, príncipe da Dinamarca* e *A construção do pensamento e da linguagem*, de L. S. Vigotski; *Memórias*, de A. Sákharov; enquanto que no campo da ficção traduziu *Agosto de 1914*, de A. Soljenítsin; cinco contos de N. Gógol reunidos no livro *O capote e outras histórias*; *O herói do nosso tempo*, de

M. Liérmontov; *O navio branco*, de T. Aitmátov; *Os filhos da rua Arbat*, de A. Ribakov; *A casa de Púchkin*, de A. Bítov; *O rumor do tempo*, de Ó. Mandelstam; *Em ritmo de concerto*, de N. Dejniov; *Lady Macbeth do distrito de Mtzensk*, de N. Leskov; além de *O duplo*, *O sonho do titio* e *Sonhos de Petersburgo em verso e prosa* (reunidos no volume *Dois sonhos*), *Escritos da casa morta*, *Bobók*, *Crime e castigo*, *O idiota*, *Os demônios*, *O adolescente* e *Os irmãos Karamázov*, de F. Dostoiévski.

Em 2012 recebeu do governo da Rússia a Medalha Púchkin, por sua contribuição à divulgação da cultura russa no exterior.

SOBRE O ARTISTA

Oswaldo Goeldi nasceu em 31 de outubro de 1895, no Rio de Janeiro. No ano seguinte, a família transferiu-se para Belém, onde seu pai — o naturalista suíço Emílio Augusto Goeldi — fora encarregado de reestruturar o Museu Paraense (atual Museu Paraense Emílio Goeldi).

Em 1901, a família se muda para a Suíça. No ano em que eclode a Primeira Guerra Mundial, Goeldi ingressa na Escola Politécnica de Zurique. Nessa mesma época, começa a desenhar, de acordo com suas palavras, movido por "uma grande vontade interior". Em 1917, após a morte do pai, abandona a Escola Politécnica e matricula-se na École des Arts et Métiers, de Genebra, a qual trocará, seis meses depois, pelo ateliê dos artistas Serge Pahnke e Henri van Muyden. Também aí permanece pouco tempo, pois o que ensinavam "não correspondia ao que vinha da minha imaginação".

Em 1919, sua família retorna ao Brasil, fixando-se no Rio de Janeiro. Goeldi, que já conhecia as vanguardas europeias, sente-se deslocado no meio cultural ainda pré-moderno. É esse deslocamento que o artista expressaria em seus desenhos: "o que me interessava eram os aspectos estranhos do Rio suburbano, do Caju, com postes de luz enterrados até a metade na areia, urubu na rua, móveis na calçada, enfim, coisas que deixariam besta qualquer europeu recém-chegado".

Nesse mesmo ano começa a fazer ilustrações para revistas e jornais, o que seria uma de suas fontes de renda mais estáveis até o fim da vida. Em 1924, Goeldi começa a gravar na madeira "para impor uma disciplina às divagações" a que o desenho o levava. Nos anos 1940, realiza para a José Olympio Editora bicos de pena e xilogravuras para ilustrar as seguintes obras de Dostoiévski: *Humilhados e ofendidos* (1944), *Memórias do subsolo* (1944), *Recordações da casa dos mortos* (1945) e *O idiota* (1949).

Em 1960, Goeldi recebe o grande Prêmio Internacional de Gravura da Bienal do México. A 15 de fevereiro de 1961, é encontrado morto em sua casa-ateliê no Leblon, onde criara, ao longo dos anos, uma obra intensa, concentrada, e que se tornaria rapidamente um ponto de referência para as novas gerações.

COLEÇÃO LESTE

István Örkény
*A exposição das rosas
e A família Tóth*

Karel Capek
Histórias apócrifas

Dezsö Kosztolányi
*O tradutor cleptomaníaco
e outras histórias de Kornél Esti*

Sigismund Krzyzanowski
*O marcador de página
e outros contos*

Aleksandr Púchkin
*A dama de espadas:
prosa e poemas*

A. P. Tchekhov
*A dama do cachorrinho
e outros contos*

Óssip Mandelstam
*O rumor do tempo
e Viagem à Armênia*

Fiódor Dostoiévski
Memórias do subsolo

Fiódor Dostoiévski
*O crocodilo e
Notas de inverno
sobre impressões de verão*

Fiódor Dostoiévski
Crime e castigo

Fiódor Dostoiévski
Niétotchka Niezvânova

Fiódor Dostoiévski
O idiota

Fiódor Dostoiévski
*Duas narrativas fantásticas:
A dócil e
O sonho de um homem ridículo*

Fiódor Dostoiévski
O eterno marido

Fiódor Dostoiévski
Os demônios

Fiódor Dostoiévski
Um jogador

Fiódor Dostoiévski
Noites brancas

Anton Makarenko
Poema pedagógico

A. P. Tchekhov
*O beijo
e outras histórias*

Fiódor Dostoiévski
A senhoria

Lev Tolstói
A morte de Ivan Ilitch

Nikolai Gógol
Tarás Bulba

Lev Tolstói
A Sonata a Kreutzer

Fiódor Dostoiévski
Os irmãos Karamázov

Vladímir Maiakóvski
O percevejo

Lev Tolstói
Felicidade conjugal

Nikolai Leskov
Lady Macbeth do distrito de Mtzensk

Nikolai Gógol
Teatro completo

Fiódor Dostoiévski
Gente pobre

Nikolai Gógol
O capote e outras histórias

Fiódor Dostoiévski
O duplo

A. P. Tchekhov
Minha vida

Bruno Barretto Gomide (org.)
Nova antologia do conto russo

Nikolai Leskov
A fraude e outras histórias

Nikolai Leskov
Homens interessantes e outras histórias

Ivan Turguêniev
Rúdin

Fiódor Dostoiévski
A aldeia de Stepántchikovo e seus habitantes

Fiódor Dostoiévski
Dois sonhos: O sonho do titio e Sonhos de Petersburgo em verso e prosa

Fiódor Dostoiévski
Bobók

Vladímir Maiakóvski
Mistério-bufo

A. P. Tchekhov
Três anos

Ivan Turguêniev
Memórias de um caçador

Bruno Barretto Gomide (org.)
Antologia do pensamento crítico russo

Vladímir Sorókin
Dostoiévski-trip

Maksim Górki
Meu companheiro de estrada e outros contos

A. P. Tchekhov
O duelo

Isaac Bábel
No campo da honra e outros contos

Varlam Chalámov
Contos de Kolimá

Fiódor Dostoiévski
Um pequeno herói

Fiódor Dostoiévski
O adolescente

Ivan Búnin
O amor de Mítia

Varlam Chalámov
A margem esquerda (Contos de Kolimá 2)

Varlam Chalámov
O artista da pá (Contos de Kolimá 3)

Fiódor Dostoiévski
Uma história desagradável

Ivan Búnin
O processo do tenente Ieláguin

Mircea Eliade
Uma outra juventude e Dayan

Varlam Chalámov
Ensaios sobre o mundo do crime
(Contos de Kolimá 4)

Varlam Chalámov
A ressurreição do lariço
(Contos de Kolimá 5)

Fiódor Dostoiévski
Contos reunidos

Lev Tolstói
Khadji-Murát

Mikhail Bulgákov
O mestre e Margarida

Iuri Oliécha
Inveja

Nikolai Ognióv
Diário de Kóstia Riábtsev

Ievguêni Zamiátin
Nós

Boris Pilniák
O ano nu

Viktor Chklóvski
Viagem sentimental

Nikolai Gógol
Almas mortas

Fiódor Dostoiévski
Humilhados e ofendidos

Vladímir Maiakóvski
Sobre isto

Ivan Turguêniev
Diário de um homem supérfluo

Arlete Cavaliere (org.)
Antologia do humor russo

Varlam Chalámov
A luva, ou KR-2
(Contos de Kolimá 6)

Mikhail Bulgákov
Anotações de um jovem médico e outras narrativas

Lev Tolstói
Dois hussardos

Fiódor Dostoiévski
Escritos da casa morta

Ivan Turguêniev
O rei Lear da estepe

Fiódor Dostoiévski
Crônicas de Petersburgo

Lev Tolstói
Anna Kariênina

Liudmila Ulítskaia
Meninas

Vladímir Sorókin
O dia de um oprítchnik

Aleksandr Púchkin
A filha do capitão

Lev Tolstói
O cupom falso

Iuri Tyniánov
O tenente Quetange

Ivan Turguêniev
Ássia

Lev Tolstói
Contos de Sebastopol

Este livro foi composto em Sabon,
pela Bracher & Malta, com CTP da
New Print e impressão da Graphium
em papel Pólen Natural 80 g/m² da
Cia. Suzano de Papel e Celulose para
a Editora 34, em setembro de 2024.